KB080521

북극에서 온 남자
울릭

ULIK AU PAYS DU DESORDRE AMOUREUX
by François Lelord

Copyright © Oh ! Editions, 2003
All rights reserved.

Korean Translation Copyrights © Yolimwon Publishing co., 2021
Korean edition is published by arrangement with Oh ! Editions through
Milkwood Agency.

이 책의 한국어판 저작권은 밀크우드 에이전시를 통해 Oh ! Editions와 독점 계약한
열림원에 있습니다. 저작권법에 의해 한국 내에서 보호를 받는 저작물이므로
무단전재와 무단복제를 금합니다.

북극에서 온 남자 _____ 울릭

Ulik au pays du désordre amoureux

프랑수아 를로르 장편소설

지연리 옮김

열린원

I

울릭은 외로움을 느끼고 호텔 바로 내려갔다.

복도를 지나는데 트롤리에 수건을 싣고 가는 종업원이 보였다. 그녀가 미소를 지었다. 그도 미소를 지었다. 그녀의 미소에는 큰 의미가 없었다. 호텔의 다른 직원들과 마찬가지로 평범한 인사일 뿐 개인적인 호감의 표시는 아니었다.

호텔은 크고 바도 많다. 한참 헤맬 법도 했지만 울릭은 금세 마음에 드는 바를 찾아냈다. 호텔 입구에서 멀리 떨어진 복도 끝의 바였다. 안으로 들어서자 희미한 불빛 아래로 듬성듬성 놓인 안락의자가 보였다. 바텐 뒤에서는 카블루나(백인, 유럽인, 이누이트가 아닌 사람을 뜻하는 이누이트 단어) 청년이 음료를 만들고 있었다. 늦은 시각이어서 손님은 거의 없었다.

울릭은 의자에 편하게 등을 기대고 앉았다. 혼자가 아니라는 생각에 기분이 한결 나았다.

"무엇을 드릴까요?"

흰색 상의를 입은 또 다른 카블루나 청년이 미소를 지으며 물었다.

"메뉴를 볼 수 있을까요?"

"물론입니다."

메뉴판을 펼쳐보고 울릭은 바를 잘못 선택했다는 생각이 들었다. 단순한 음료 주문이었지만, 그는 이 보잘것없는 상거래의 결과가 실패로 돌아가리라 예감했다. 그러나 포기하기는 일렀다. 울릭은 용기를 내어 메뉴판에 적힌 음료 이름을 천천히 읽어 내려갔다. 순간, 잠들어 있던 사냥꾼의 본성이 그의 내면에서 꿈틀거렸다. 고국을 떠난 후 좀처럼 맛보지 못한 감정이었다.

그와 조금 떨어진 테이블에서 대화를 나누던 일본인 세 명이 울릭을 힐끔거렸다. 카블루나는 그를 곧잘 일본인으로 착각했다. 하지만 일본인들은 아니었다. 그들은 울릭이 자기들과 같은 혈통이 아님을 한눈에 알아보았다. 파란 눈의 일본인이 드문 까닭도 있었지만, 눈동자 색이 아니더라도 그들에게는 울릭이 외국인처럼 보이는 모양이었다. 바텐에서는 여자

둘이 높은 의자에 앉아서 깔깔대며 담소를 나누고 있었다. 민소매 밑으로 드러나는 여자들의 맨팔과 반짝이는 귀걸이가 그의 시선을 사로잡았다. 뭐가 저렇게 재미있을까? 친한 사이인가? 동행한 남자들은 어디 있지? 울릭은 카블루나 여자들에게 말을 걸기가 힘들었다. 싱글인지 아닌지 분간이 안 되기 때문이었다. 이누이트 사회에서는 낯선 남자가 싱글이 아닌 여자에게 함부로 말을 걸지 못했다.

울릭은 바에 오길 잘했다는 생각이 들었다. 비록 아무에게도 말을 걸지는 못했지만, 누군가와 같이 있다는 사실만으로도 고립감이 눈에 띄게 줄었다. 그는 카블루나 나라에 도착하자마자 매일 모르는 사람과 만났다. 그래서 낯선 사람과의 교류에 어느 정도 익숙해졌지만, 아직도 누군가의 소개 없이는 타인에게 말을 먼저 걸지 못했다. 그는 지난 사흘 동안 고국에서 평생 만난 사람보다 훨씬 많은 사람을 만났다. 모두 마리 알릭스가 그를 위해 마련한 모임에서였다. 수백 명의 사람과 '알아가는' 시간을 가지며 그는 누군가를 '안다'는 것이 카블루나에게는 이름과 얼굴을 기억하는 것일 뿐 다른 뜻이 없음을 배웠다. 좋고 나쁜 일을 함께 겪으며 몇 년을 지켜본 뒤에야 그 사람에 대해 비로소 '안다'고 말하는 이누이트와 매우 대조적이었다.

울릭은 메뉴판을 들여다보았다. 무알코올 칵테일 중 마실 만한 음료를 찾아봤지만 뭐가 뭔지 도무지 분간이 가지 않았다. 그는 결국 무알코올 음료를 포기하고 다른 메뉴로 눈길을 돌렸다. 대사관에서 마신 술이 기억난 까닭이었다. 술에는 혈관을 타고 흐르며 온몸을 뜨겁게 달구는 신기한 힘이 있었다.

맨해튼. 가본 적 없는 장소였다.

블루 라군. 옆에 있었다면 한참 동안 바라보았을 것이다.

블러디 메리. 진짜 피가 들어간 음료일까?

화이트 레이디. 카블루나 여자들이 마시는 음료 같았다.

폴라 비어.

울릭의 시선이 멈췄다. 메뉴판의 글자가 춤을 추고, 바 안이 회전하기 시작했다.

폴라 비어.

북극곰.

검은 입술의 위대한 나누크!

컹컹 짖으며 눈밭을 달리는 개들과 바람, 그리고 나바라나 바!…… 가슴 한쪽으로 밀어둔 기억들이 하나둘 되살아났다. 울릭은 북극에 두고 온 모든 것이 그리웠다.

2

출발 시각이 다가오자 소형 비행기가 모터를 덥히기 시작했다. 그가 타고 갈 비행기는 연료가 덜 드는 절약형 모델이었다. 그사이, 나바라나바가 아버지의 감시를 피해 울릭을 만나러 왔다.

"언제 돌아와?"

가쁜 숨을 몰아쉬며 그녀가 물었다.

"곧."

"네가 가면 나는 어떻게 해?"

"나바라나바, 내 영혼은 늘 너와 함께 있어."

울릭의 말에 나바라나바가 미소를 지었다.

그녀의 미소는 늘 그의 가슴을 뛰게 했다.

"카블루나 여자들을 많이 만나지는 마."

그녀가 말했다.

"걱정 마, 안 그럴게. 나는 네가 세상에서 제일 좋아."

나바라나바는 여전히 웃고 있었지만, 어느새 눈에는 눈물이 고여 있었다.

조종사가 비행기에서 내려와 손짓했다. 이제 떠날 시간이었다.

"너를 신부로 맞이하기 위해 떠나는 거야."

울릭이 말했다.

마주 선 두 사람을 보고 이글루 근처에서 여자들이 고함을 치기 시작했다. 약혼이 깨진 뒤, 마을 사람들은 둘의 만남을 허용하지 않았다.

"내 사랑."

나바라나바가 속삭였다.

짧은 포옹을 뒤로하고, 두 사람은 각자 가야 할 곳으로 걸음을 옮겼다. 울릭은 소형 비행기를 향해, 나바라나바는 엄격한 아버지가 기다리는 이글루를 향해 발걸음을 돌렸다.

고도에 이르자 비행기 그림자가 눈밭에서 지워졌다. 커다란 원을 그리며 몇 차례 선회를 한 뒤에는 마을도 시야에서 완전히 사라졌다.

나바라나바…….

승무원이 건넨 잔에서 얼음이 부딪히는 소리가 났다. 울릭은 잔에 든 얼음을 보고 비행기에 오른 이유를 곱씹었다.

두 사람이 처음 만났을 때, 나바라나바는 아직 어린 아기였고 울릭은 꼬마 소년이었다. 그날 울릭은 이제 막 걸음마를 뗀 나바라나바를 데리고 눈 덮인 들판으로 산책을 나갔다. 그 모습을 흐뭇한 얼굴로 지켜보며 한 아이의 어머니가 이렇게 말했다.

"저길 좀 보세요. 꼬마 울릭과 귀여운 나바라나바가 서로를 얼마나 위하는지! 우리 나중에 저 둘을 결혼시키기로 해요."

울릭의 나라에서 약혼은 당사자들이 어릴 때 결정되는 집안끼리의 약속이었다. 그래서 아이들은 어릴 때부터 누가 자기 짝인지 알았고, 덕분에 짝을 얻기 위해 경쟁하거나 노력할 필요가 없었다.

바텐에서 이야기를 나누는 여자들을 보고 울릭은 이곳의 풍습이 이누이트와 많이 다르다고 생각했다. 도시는 남자를 동반하지 않고 외출한 여자로 가득했다. 카블루나 남자들은 딸이나 아내가 외간남자와 만나도 걱정을 하거나 질투를 느끼지 않는 듯했다. 그렇다면 바에 앉아 대화를 나누는 여자들에게 다가가 말을 걸어도 무방했다. 하지만 울릭은 머리를 흔들었다. 나바라나바를 향한 그리움과 파혼의 슬픔이 떠오른 까닭이었다. 잊지 마, 넌 약혼녀를 되찾기 위해 여기에 왔어. 사교 모임이나 가지려고 온 게 아니야. 때마침 주문한 폴라 비어가 나왔다. 그는 잔을 향해 팔을 뻗었다.

울릭은 어린 나이에 고아가 되며 생애 첫 시련을 겪었다. 그의 아버지는 빙산으로 사냥을 나갔다가 영영 돌아오지 못했다. 아버지와 함께 원정에 나섰던 사냥꾼들은 썰매가 크레바스 속으로 추락했고, 구조를 위해 달려갔지만 구멍이 너무 깊고 어두워서 아무것도 보지 못했다고 했다. 수차례 이름을 불러도 다친 개들의 신음 소리 외에는 돌아오는 대답이 없었다. 안타까운 일이었지만 누구도 크레바스 속으로 뛰어들 용기를 내지 못했고 얼마 못 가 개들의 울음소리도 끊어졌다.

울릭의 어머니는 소식을 듣고 절망에 빠져서 온종일 이글루에 틀어박혔다. 이따금 해변으로 나가기는 했지만 늘 성난 파도와 바람을 앞에 두고 흐느끼다가 돌아올 뿐이었다.

한날은 평소처럼 집을 나선 어머니가 아버지처럼 영영 돌아오지 못했다. 마을 사람들이 사방으로 찾아 다녔지만, 어머니는 어디에도 없었고 누구의 눈에도 띄지 않았다. 사람들은 그녀가 바다로 뛰어들었거나 곰의 먹이가 되었다고 추측했다. 곰 발자국 외에는 어떤 흔적도 발견되지 않은 까닭이었다.

울릭은 그렇게 고아가 되었고, 이누이트에게 고아가 되었다는 사실은 최악의 보육 환경 속으로 내동댕이쳐졌음을 의미했다. 부모 대신 보살펴줄 형제자매가 없었기에, 그는 외삼촌에게 입양되었다. 그리고 대부분의 이누이트 고아들처럼 사촌이 남긴 음식을 먹고 성장했다. 돌로 지어진 이글루 안에서 그에게 허락된 곳은 춥고 어두운 출입구가 전부였다. 고아가 된 이누이트 아이들은 거의 다 그렇게 자랐다. 그리고 많은 아이들이 부모가 사망한 후 얼마 못 가 숨졌다. 그러나 울릭, 그는 살아남았다.

폴라 비어. 북극곰. 울릭은 종업원에게 두 번째 잔을 주문했다. 일본인들은 일찌감치 자리를 떴고, 바 의자에 앉아 수다를 떨던 여자들도 밖으로 나가서 돌아오지 않았다. 그는 다시 혼자가 되었다.

잔에 든 얼음 조각이 달그락거리며 서로 부딪혔다. 울릭은 향수를 느꼈다. 어쩌면 이 작은 얼음 조각 안에 북극의 영이 깃들어 있는지도 몰랐다. 그가 살던 섬에는 바위에도 영이 존재했다. 온갖 짐승에도, 바람에도, 하늘에도 영이 깃들어 있었다. 세상이 온통 영으로 가득해서 어디서든 외롭지 않았다. 혼자 떠난 사냥도 곳곳에서 마주치는 영으로 인해 전혀 고독하지 않았다. 반면, 카블루나 나라에서는 영이 느껴지지 않았다. 바 안의 푹신한 소파에서도, 양탄자에서도, 야외에서 마주치는 비둘기에게서도 영이 느껴지지 않았다. 울릭은 처음에는 그 원인을 스스로에게서 찾았다. 그가 이누이트라서 카블루나 영을 발견하지 못한다고 생각했다. 이누크(이누이트 개인을 일컫는 이누이트 단어)가 카블루나 영과 소통을 시도하다니! 시작부터 모순이었다. 하지만 그는 오래지 않아 새로운 결론에 도달했다. 카블루나 나라에도 영은 존재했다. 다만 아무도 알아봐주지 않아서 화가 난 영들이 도시를 떠난 것뿐이었다.

얼음이 거의 다 녹았을 무렵 종업원이 새 잔을 들고 나타났다. 울릭은 유리잔에 가득 든 얼음을 보고 구원받은 기분이었다.

울릭이 고아가 되고 기지 가까운 곳에 기상대가 세워졌다.

배고픔과 애정 결핍에 시달리던 어린 울릭은 기상대 문을 두드렸다. 불행 중 다행으로 카블루나 어른들은 이누크 고아 소년을 불쌍히 여겼고, 울릭을 안으로 초대해 밥을 먹이고 살뜰히 보살폈다. 그날 이후로 울릭은 매일같이 기상대를 드나들며 트랑블레 대위가 읽어주는 라퐁텐의 우화를 듣고, 카블루나 언어를 배웠다.

울릭은 이렇게 성장했다. 그리고 무럭무럭 자라서 어엿한 어른이 되었다. 그즈음 두 번째 시련이 찾아왔다. 약혼녀와의 파혼이 그것이었다. 사랑하는 이와의 생이별을 앞두고 울릭은 죽음보다 더한 고통을 느꼈다. 아무도 그에게 직접 말하지는 않았지만, 울릭을 나바라나바의 짝으로 여기는 부족민은 이제 없었다. 그가 고아이기 때문은 아니었다. 이누이트 사냥꾼이 아닌 카블루나와 가깝게 지낸 탓이었다. 기상대가 문을 닫고 대원들이 전부 철수한 뒤에도 마을 사람들은 그를 카블루나의 친구로만 여겼다.

그러던 어느 날, 울릭이 북극곰을 연달아 사냥해서 나누크의 영을 모독하는 일이 일어났다. 소문은 빠르게 퍼졌고 부족에게 심각한 오해를 샀다. 결국, 그는 사냥을 금지당했고 약혼이 취소되었다. 나바라나바는 어쩔 수 없이 아버지의 명에 따랐지만 울릭을 바라보는 시선은 변함없이 따스했다.

이후 나바라나바의 새로운 신랑감으로 쿠리스티보크가 주목받았다. 소문에 의하면 추장의 추천이 있었다. 쿠리스티보크는 울릭보다 나이가 많고, 이미 아내가 있는 사내였다. 게다가 허풍도 심했다. 하지만 차기 추장으로 지목될 만큼 유능한 사냥꾼이었다.

같은 시기에 한 무리의 카블루나가 마을에 도착했다. 이것을 시작으로 석유탐사기지가 풍경을 뒤흔들며 세워졌고, 이누이트 부족이 인류문화유산으로 지정되었다. 이누이트의 미래를 걱정한 어느 카블루나 남자의 부단한 노력 덕분이었다. 수염을 길게 기른 그 남자는 추장을 찾아가 이누크를 한 명 선별해 카블루나 나라로 보내줄 수 있는지 물었다. 이누이트와 카블루나 간의 문화적 교류를 위해서였다.

울릭은 이 소식을 듣고 마지막이 될지도 모르는 기회가 찾아왔다고 생각했다. 그래서 그길로 추장에게 가서 대사가 되어 마을을 떠나겠다고 선언했다. 조건은 하나였다. 돌아오는 즉시 파혼을 철회하고 나바라나바와 결혼하는 것. 울릭의 요구에 추장은 잠시 곤혹스러운 표정을 지었지만, 이내 호탕하게 웃으며 부탁을 들어주겠다고 약속했다. 이렇게 해서 울릭은 카블루나 나라를 향해 하늘 높이 날아오르게 되었다. 그리고 위대한 나누크의 예언에 따라 긴 여정에 첫 발을 내딛었다.

그는 크고 텅 빈 새에 실려 카블루나 나라로 갈 것이다.

카블루나 나라의 드넓은 땅을 두루 여행하며 태산처럼 거대한 그들의 집을 방문하고, 카블루나 여인과 사랑에 빠질 것이다. 돌아오려는 발걸음은 매번 좌절당할 것이고, 먼 땅에서 방황하며 태어난 땅과 부족을 그리워할 것이다. 이것이 모욕당한 북극곰의 뜻이며 카블루나의 뜻이고, 이누이트에게 경의를 표하는 다른 많은 이들의 뜻이다.

3

울릭은 폴라 비어를 석 잔 마시고 기분이 좋아졌다. 적당히 취기가 오른 뒤에는 북극곰의 영에게 다시 사랑받는 기분이었다. 한 잔 더 마시지 않을 이유가 없었다. 바에는 그를 보며 소곤거리는 바텐더와 종업원 외에 다른 손님이 없었다.

기분 좋게 술을 마시다 말고 그는 문득 수치심을 느꼈다. 대사관에서 보낸 저녁이 생각난 까닭이었다. 그날 저녁, 한 뚱뚱한 카블루나 여자가 리쾨르를 마시고 몹시 취했다. 만취 상태로 그녀는 의자를 껴안고 고꾸라졌고, 사람들의 동정 어린 시선이 넘어진 여자 위로 쏟아졌다. 울릭은 사람들이 그런 눈으로 자기를 볼까봐 겁이 났다. 카블루나가 발명한 술을 마시고 어린애처럼 말과 행동이 어눌해진 그를 불쌍히 여길까봐 두려웠다. 아니야, 그가 고개를 저었다. 나는 자랑스러운 이누크야. 이런 나를 누가 감히 동정할 수 있지? 그의 나라에서 명예를 훼손당하지 않고 동정받을 수 있는 사람은 어린이와 여자뿐이었다.

울릭은 의자에서 일어나 비틀거리며 바텐을 향해 걸어갔다. 바닥이 좌우로 흔들리며 녹아내리는 얼음처럼 흐느적거렸다.

"더 필요한 것이 있으십니까?"

대답을 하려는데 말이 잘 나오지 않았다.

"아니요…… 이제 자려고요."

"예, 좋은 생각입니다. 편한 밤 되십시오."

"저기요…… 있잖아요, 난 외로워요."

순간, 소리 내어 발음하지 말았어야 할 말이 튀어나왔다.

바텐더와 종업원이 멈칫하며 은밀한 시선을 교환했다.

"혹시 상대가 필요하십니까?"

바텐더가 물었다.

"어! 어떻게 아셨어요? 그래도 괜찮아요. 너무 늦었으니까."

"이런, 언제고 늦은 때는 없습니다. 객실로 돌아가 계세요. 그러면 곧 무슨 말인지 알게 될 겁니다."

객실로 돌아가라고? 어디로 가란 말이지? 울릭은 객실이

22

어디에 있는지 기억나지 않았다. 자연에 있었다면 쉽게 길을 찾았겠지만 유감스럽게도 그는 호텔에 있었다. 그것도 층마다 똑같이 생긴 복도와 방과 양탄자와 조명이 있는 곳에! 이 곳에는 하늘이나 바람처럼 그에게 익숙한 좌표 따위는 존재하지 않았다. 그는 또다시 수치심을 느꼈다.

"어디로 가면 되죠?"

"네?"

"방이요. 내 방. 내 방이 어느 방인지 모르겠어요."

웃음을 참는 듯 바텐더의 입술이 묘하게 일그러졌다.

"걱정 마십시오. 장 마크가 모셔다드릴 겁니다."

울릭은 장 마크와 함께 엘리베이터를 탔다.

"지금 그곳은 극야지요?"

장 마크가 그에게 물었다.

울릭은 이누이트에 대해 지식이 풍부한 카블루나와 종종 마주쳤다. 그때마다 그는 깜짝 놀랐다. 대부분 북극에 다녀온 경험이 없었기 때문이다.

"아니요, 극야는 끝났어요. 지금은 사냥을 시작하는 계절이에요."

그랬다. 석 달간의 밤이 지나고 지평선 위로 태양이 다시 고개를 들면, 부족민 모두가 모여 내일의 태양을 위해 기도했다. 울릭은 매해 첫 해가 뜨던 순간의 감동을 설명하고 싶었다. 그런데 엘리베이터 문이 열리며 내려야 할 층에 도착했다는 신호를 보냈다.

"괜찮으십니까?"

객실 앞에서 장 마크가 물었다.

"네, 그럼요."

"걱정 말고 들어가 쉬십시오. 문제가 생기면 말씀하시고요. 저희가 도와드리겠습니다."

"예, 고맙습니다."

장 마크가 돌아가고 그는 다시 혼자가 되었다. 울릭은 고아가 된 기분이었다. 밖으로 뛰쳐나가 장 마크에게 가지 말라고 애원하고 싶었지만 부끄러워서 그럴 수가 없었다. 아이처럼 굴지 마. 너는 자랑스러운 이누크야. 그가 자기최면을 걸었다.

울릭은 파란만장한 삶을 살았다. 온갖 시련을 다 겪어서 더 겪을 시련이 없어 보였지만, 방 안에 혼자 갇히는 시련은 처음이었다. 이누이트는 늘 무리 지어 행동했다. 이글루에서도 언제나 가족과 함께했고 사냥도 혼자 하지 않았다. 간혹 현문을 열고 혼자 외출할 때는 있었지만 항상 개와 동행했고, 멀리 가는 법도 없어서 외롭기 전에 돌아올 수 있었다. 한마디로 이누이트 나라에서는 고독도 원하는 동안만 지속할 수 있는, 외로움과는 거리가 먼 감정이었다. 물론 예외는 있었다. 큰 죄를 지은 경우가 그랬다. 이때 죄를 지은 사람은 부족에게 외면당하고, 이니보크(세상에서 버림받은 사람을 뜻하는 이누이트 단어)가 되어 떠돌다가 쓸쓸히 생을 마감했다.

그런데 카블루나 나라에서는 고독이 벌이 아닌 듯했다. 울릭은 개들의 영에게라도 도움을 청해서 이해를 구하고 싶었다. 북극에서 살았다면 달랐겠지만, 카블루나는 이누이트가 이글루에서 가족과 함께 생활하듯 방에서 혼자 지내는데 익숙했다. 그래서 외로움이 자연스러운 삶의 요소처럼 보였다. 어디까지나 그의 생각이었지만 큰 죄를 짓지도 않았는데 객실에 혼자 남겨진 것을 보면 그랬다.

그는 나바라나바를 생각하며 외로움을 달래보려 했다. 하지만 그녀의 영은 객실 안으로 들어설 마음이 없어 보였다. 방 안의 이국적인 장식이 마음에 안 드는 모양이었다.

그의 외로움을 덜어줄 사람은 이제 마리 알릭스뿐이었다. 그녀는 삼 일 전 유네스코가 지정해준 가이드로, 큰 키에 파란색 눈동자를 가진 미소가 매력적인 여자였다. 그녀라면 분명 그의 마음을 이해해줄 것이었다.

전화를 걸기에는 시간이 너무 늦어 있었지만, 울릭은 용기를 내어 수화기를 집어 들었다. 몇 번인가 신호음이 길게 울

리고, 마침내 수화기 너머로 졸음 가득한 마리 알릭스의 음성
이 들렸다.

"울릭, 무슨 일이죠?"

그녀가 걱정스러운 목소리로 물었다.

울릭은 사실대로 말하고 싶었지만 그러지 못했다. 나약함
을 들키고 싶지도, 여자를 걱정시키고 싶지도 않아서였다. 후
회할 일은 애초에 만들지 않는 게 상책이었다.

"아니요, 아무 일도 없어요."

"정말이죠?"

"네, 그럼요."

잠시 침묵이 흘렀다. 마리 알릭스는 혼자인 듯 전화기 너머
가 고요했다. 몇 시인지 확인하고 늦은 시각의 전화를 탓할 법
도 했지만 그녀는 아무 말이 없었다.

"혹시 뭐 물어볼 게 있어요? 그래서 전화한 거 아니에요?"

"아니에요."

"뭐든 불편한 게 있으면 나한테 말해야 해요. 알았지요?"

"네, 그럴게요."

"내일 아침 여덟시에 데리러 갈게요. 잊지 말고 나와요."

"알았어요. 잘 자요, 마리 알릭스."

"울릭, 당신도요."

울릭은 몸서리치게 낯설기만 한 객실에서 다시 혼자가 되었다.

방의 불을 모두 끄고 침대에 눕자 비로소 마음이 진정되며 상상의 나래가 펼쳐졌다. 상상 속에서 그는 머나먼 이누이트 나라에 가 있었다. 그는 설원에 부는 바람을 떠올리며 잠을 청했다. 그때였다. 누군가 객실 문을 두드렸다. 울릭은 자리에서 일어나 방문을 열었다.

"상대가 필요하다고 들었어요. 아닌가요?"

놀랍게도 문 밖에는 바에서 본 여자가 서 있었다.

4

울릭의 얼굴이 붉어졌다. 조금 전 객실을 나선 여자 때문이었다. 이누이트는 남녀가 동침할 때, 다른 가족이 잠든 후 어둠 속에서 짐승의 가죽을 덮고 사랑을 나누었다. 그런데 방금 환한 조명 아래서 그것도 낯선 여자와 사랑을 나눈 것이었다.

여자의 말과 행동은 그를 흥분시켰다. 동시에 수치심을 불러일으켰다. 중국인은 처음이지만 카블루나보다 낫다는 말이나, 남자의 정숙하지 못한 부분을 칭찬하는 행동이 그러했다.

카블루나는 모두 직업을 가졌다. 종업원, 의사, 대사, 바텐더 등 종류도 다양했다. 남자는 전부 사냥꾼이고, 사냥꾼 외에는 다른 직업이 없는 이누이트와 반대였다. 여자도 마찬가지였다. 조금 전 그와 사랑을 나눈 여자도 직업이 있었다. 그

리고 그녀가 하는 일은 다정함을 파는 것이었다. 반면, 이누
이트 여자들은 이글루 청소와 가죽 가공, 자녀 양육 외에는
딱히 하는 일이 없었다. 이따금 뜰채로 바다까마귀를 잡기는
했지만, 그런다고 남자처럼 사냥꾼이 되지는 않았다.

카블루나 나라는 영이 부재한 대신 어마어마하게 다양한
직업이 존재하는 곳이었다. 영적으로는 가난하지만 직업에
있어서는 세상 어디보다 부유한 나라! 영의 수가 줄어드는 만
큼 직업의 수가 느는 나라! 놀라운 발견이었다. 울릭은 직업
이라는 카블루나 말을 영의 반의어로 기억하기로 했다.

여자의 이름은 히아신스였다. 히아신스는 꽃 이름이었다.
자기소개를 하며, 그녀는 누가 대금을 지불할지 물었다.

울릭은 당혹스러웠다. 하지만 곧 아나카나루카 노인이 들
려준 이야기가 생각났다. 이누이트에게도 이런 식의 거래가
오갔던 때가 있었다. 일 년에 한 번 고래잡이배가 해안에 닻
을 내리면 이누이트 여자들이 배 위로 올라갔다. 그녀들은 모
두 기혼으로, 남편의 허락을 받고 몸을 팔러 가는 중이었다.
여자들이 배에서 내려올 때면 스카프와 칼, 유리구슬 등 부족
에 필요한 물건이 따라 나왔다. 이따금 배가 떠난 뒤에 아기
가 태어나기도 했다. 이누크임에도 불구하고 울릭이 파란 눈

을 갖게 된 이유였다.

"내가 뭘 하는 여자인지 모르겠어요? 아직도 이해가 안 돼요?"

히아신스가 물었다.

"아니요, 그게 아니라……."

"돈이 없어요?"

맞았다. 그에게는 돈이 없었다. 유네스코가 그의 체류 비용을 전액 부담했기 때문이다.

"어머, 미리 말했어야 했는데, 미안해요. 내 잘못이에요. 난 당신이 당연히 안다고 생각했어요. 혹시 당신 대신 돈을 지불해줄 사람이 있나요?"

"잘 모르겠어요."

울릭은 고개를 흔들었다. 카블루나 풍습을 모르긴 몰라도, 이런 일로 유네스코에 비용을 청구해서는 안 될 것 같았다. 마리 알릭스도 안 되기는 마찬가지였다.

그때 커다란 여행 가방이 시아에 들어왔다. 가방에는 카블루나에게 선물하려고 가져온 물건이 있었다. 전부 지난 저녁 대사관에서 만난 사람들처럼 다양한 직업의 카블루나 추장들을 위해 준비한 것이었다.

"마음에 드는 걸 골라보세요."

그가 가방을 열자 바다코끼리의 이빨로 만든 조각상과 일각돌고래의 뿔, 흰여우의 가죽으로 만든 모자와 바다표범 가죽 부츠, 북극곰의 모피가 나왔다.

히아신스는 호기심 많은 아기 여우처럼 코끝을 찡긋거리며 가방 앞으로 다가섰다.

5

울릭은 소파에 앉아서 마리 알릭스의 일이 끝나기를 기다렸다. 사무실 책상에는 온갖 종류의 서류가 산더미처럼 쌓여 있고 쉴 새 없이 전화벨이 울렸다. 마리 알릭스는 몸이 여러 개인 사람처럼 서류 검토와 전화 응대 등 여러 일을 동시에 해냈다. 참으로 놀라운 여자였다.

"안 됩니다. 이미 말씀드렸듯 서류가 불충분해요. 프레젠테이션 전까지 다시 만들어 오세요. 위원회는 이런 사교 모임에 드는 비용까지 부담할 의무가 없어요. 물론 우리가 파트너라는 사실에는 변함이 없습니다. 하지만 이런 후원은 안 됩니다."

가끔 노크 소리도 들려왔다. 한번은 옆 사무실에서 근무 중이던 청년 둘이 불가사의한 주제를 들고 의견을 물으러 왔다.

혈기 왕성한 성인 남성에게 지시를 내리는 마리 알릭스를 보고 울릭은 그녀의 지위를 짐작했다. 그리고 그녀의 카리스마에 또 한 번 감탄했다. 여자가 추장이 되는 카블루나의 풍습도 놀라웠다.

"울릭, 조금만 기다려요. 오 분이면 끝나요. 얼른 하고 데려다줄게요."

울릭은 마리 알릭스를 바라보았다. 파란색 눈동자에, 굽슬굽슬한 긴 머리, 장밋빛 피부, 가느다란 손가락. 부족민 중 장신에 속하는 그보다 머리 하나만큼 더 큰 키. 그녀는 사십대인데도 또래의 이누이트 여자보다 훨씬 젊어 보였다. 열 살짜리 아들과 이제 막 열일곱 살 된 딸이 있다고는 도저히 믿기지 않았다. 그녀에게는 남편도 있었다. 마리 알릭스는 남편을 두고 '떠난' 사람이라고 표현했다. 울릭은 그녀의 남편이 어디로 떠난 건지 궁금했다.

마리 알릭스가 울릭의 가이드가 된 것은 이누이트에 대한 풍부한 지식 때문이다. 그녀는 검은 강의 우크투스와 유피크를 수차례 탐험했고, 많은 이가 에스키모와 혼동하는 축치족 마을에도 다녀온 경험이 있었다. 울릭은 마리 알릭스 같은 여자가 가이드라서 다행이라고 생각했다. 그녀는 모든 면에서 완벽했다. 게다가 지위도 높았다. 울릭이 마리 알릭스를 관찰

하는 사이에 또다시 전화벨이 울렸다.

"샤를르? 안 돼. 이번 주말은 내가 아이들과 보낼 차례야.
지난번에도 그랬잖아. 아니라고? 잘 생각해봐, 벌써 세 번도
더……."

마리 알릭스의 '떠난' 남편이 아이들과 수말을 보내는 문제
로 전화를 건 것이었다. 울릭은 이상했다. 카블루나 나라에서
는 부모와 자식이 주말에도 마음껏 만나지 못하는 모양이었
다. 죽지 않고서는 언제든 만날 수 있는 이누이트와 달라도
너무 달랐다.

이날 울릭은 다양한 부서의 공무원들을 만났다. 서로 다른
분야의 이누이트 전문가와 만나 점심도 먹었다. 공식 일정을
모두 마친 뒤에는 마리 알릭스의 차를 타고 호텔로 돌아왔다.

호텔 로비는 늘 인파로 북적였다. 온갖 화려한 장식으로 눈
이 부셨다. 울릭은 로비로 들어서며 어릴 적 읽은 라퐁텐의
우화 「도시 쥐와 시골 쥐」를 떠올렸다.

울릭이 만난 카블루나들은 늘 그를 환영했다. 날생선을 먹
는 에스키모가 카블루나 말을 하는 걸 보고 놀라는 사람도 많
았다.

"울릭, 당신은 최고의 대사예요."

마리 알릭스는 샴페인 잔을 받아들며 칭찬의 말을 아끼지 않았다. 그런데도 그는 여전히 시골 쥐가 된 기분이었다. 이누이트 부족을 세상에 알리는 일에 충실하긴 했다. 하지만 여전히 무언가 부족했다. 사실 그에게는 나바라나바를 되찾겠다는 마음 말고 달리 품은 뜻이 없었다. 흔한 말로 사내라면 마땅히 품어야 할 원대한 포부가 없었다.

6

"멍청한 자식!"

마리 알릭스가 새치기를 하는 운전자를 향해 소리쳤다. 울릭을 호텔로 데려다주는 길이었다. 몹시 성난 얼굴이었지만 그녀는 노련한 솜씨로 꼬리에 꼬리를 무는 자동차 행렬을 뚫고 전진했다. 울릭은 그런 그녀에게 또 한 번 놀랐지만 속내를 드러내지는 않았다. 이누크의 자부심이 감정의 절제에서 비롯된다고 믿었기 때문이다.

거리를 점령한 자동차 군단도 놀랍기는 매한가지였다. 이누이트 나라에서는 절대로 볼 수 없는 풍경이었다. 울릭은 목구멍을 타고 올라오는 감탄사를 애써 억누르며 석유탐사기지 근처에서 본 설상차를 떠올렸다. 방식이 조금 다르기는 하지만 둘 다 교통수단이라는 점에서는 같다고 생각하니 마음이 한결 편안했다.

마리 알릭스가 클랙슨을 울렸다. 차선을 변경해야 하는데 추월한 자동차가 길을 막고 서서 움직이지 않았다. 덕분에 꽉 막힌 도로 한가운데 갇힌 꼴이 되었다. 그런데도 차주는 양보하는 대신 차 문을 열어젖히고 도로로 뛰어내렸다. 덩치가 자동차 못지않게 산만 한 사내였다.

"아줌마, 뭘 믿고 이래? 무슨 운전을 이따위로 해?"

그가 고함을 쳤다.

대뜸 반말을 하는 그를 보고 울릭이 마리 알릭스에게 아는 사람이냐고 물었다.

"내가 저런 멍청이를요? 아니요, 전혀 몰라요!"

뒤따라오던 차들이 클랙슨을 울리며 운행을 재촉해도 남자는 아랑곳하지 않고 계속해서 욕설을 퍼부었다. 라퐁텐의 우화에도, 다른 작가들의 책에도 나오지 않는, 그로서는 전부 처음 듣는 단어들이었다. 당사자가 아닌데도 울릭은 심한 모욕감을 느꼈다.

"내려."

남자가 소리쳤다.

"울릭, 가만히 있어요. 아무 일도 아니니까."

울릭은 마리 알릭스의 만류에도 밖으로 나갔다. 여자가 눈앞에서 모욕을 당하는데 가만히 두고 볼 이누크는 세상에 없었다. 사냥꾼의 명예가 걸린 일이기도 했다.

울릭은 이누이트 사이에서 장신에 속했다. 그래도 카블루나 남성의 평균 신장에는 미치지 못했다. 신체 구조상 카블루나 남자보다 우월한 곳은 넓은 어깨뿐이었다.

"어이, 옐로. 넌 빠져. 귀찮게 하지 말고 썩 꺼지라고."

남자가 말했지만, 조용히 있어야 할 사람은 울릭이 아니라 그였다.

"맙소사, 이게 어떻게 된 일이에요?"

마리 알릭스가 차에 오르는 울릭을 보고 말을 잇지 못했다. 차주는 비틀거리며 자동차로 돌아가 다른 운전자들의 야유를 받으며 시동을 걸었다.

"울릭, 잘했어요. 그래도 앞으로는 절대 싸워서는 안 돼요."

마리 알릭스가 신신당부를 했다.

"여자가 위험에 처한 걸 그냥 보고만 있으라고요?"

"나는 전혀 위험하지 않았어요. 문도 잠겨 있었고요."

그러면 명예는? 이누크와 그녀의 명예는? 울릭은 이해가 되지 않았다. 카블루나의 삶에 대해 배워야 할 점이 아직 많아 보였다.

마리 알릭스가 호텔 입구에 차를 세우고 말했다.

"내일 데리러 올게요."

울릭은 또다시 고독한 밤이 시작된다는 생각에 마음이 울적했다. 두 사람을 발견하고 나오는 유니폼 차림의 도이맨도 전혀 반갑지 않았다.

"울릭, 왜 그래요?"

그의 어두운 표정을 보고 마리 알릭스가 물었다. 울릭은 갑자기 벌거벗은 아이가 된 기분이었다.

"아니요, 아무 일도 없어요."

우물우물 말끝을 흐리는 그에게 그녀가 재차 물었다.

"호텔에서 무슨 안 좋은 일이라도 있었어요?"

거듭된 그녀의 질문에 울릭은 결국 속마음을 털어놓았다.

"나는…… 혼자 있는 게 익숙지 않아요."

마리 알릭스가 두 눈을 동그랗게 떴다.

"이런, 내 생각이 짧았어요. 이누이트는 공동생활을 하지요?"

"네, 맞아요."

"그래서 지난밤 내게 전화를 건 거였어요?"

울릭은 얼굴을 붉혔다. 바보같이 감정을 들키다니! 이누크의 수치였다.

"딱하기도 하지! 그런 시련이 있는 줄 몰랐어요."

"괜찮으니까 걱정하지 마세요. 견딜 수 있어요."

그의 말에 마리 알릭스가 웃음을 터뜨렸다. 울릭은 처음에는 그 웃음이 남자답지 못함을 조롱하는 비웃음이라고 생각했다. 하지만 아니었다.

"물론 그렇겠죠. 나도 당신을 믿어요! 그런데 왜 그런 쓸데없는 일에 에너지를 낭비해야 하죠? 이건 우리 측의 실수였어요. 그러니까 걱정일랑 접어두세요. 자꾸 그러면 미리 생각하지 못한 게 너무 미안해지니까."

도어맨이 문을 열 순간을 궁리하는 동안 그녀가 대안을 찾기 시작했다.

"대사관으로 숙소를 옮길까요? 거기 숙직실이 있어요. 아니다, 거긴 안 되겠어요. 자칫해서 유네스코와 마찰이라도 생기는 날에는 곤란해져요. 게다가 숙직실에서도 언제든 다시 혼자가 될 수 있어요……."

마리 알릭스가 손목시계를 들여다보았다.

"다른 숙소를 알아보기엔 시간이 너무 늦었고……."

그녀는 생각에 잠긴 듯 입을 다물었다. 잠시 후, 해결 방안을 찾은 듯 환하게 웃으며 그녀가 말했다.

"울릭, 좋은 생각이 있어요. 당신만 괜찮다면……."

7

벽 하나를 사이에 두고 누군가 침대에서 뒤척이는 소리가 들려왔다. 마리 알릭스의 열일곱 살 된 딸 줄리엣이었다. 가벼운 발걸음 소리도 들렸다. 토마스가 주방으로 가는 소리였다. 이어 '쿵' 하고 냉장고 문이 닫히는 소리가 났다.

희미한 조명 아래로 침대 맞은편 벽면에 걸린 사진이 보였다. 한 청년이 프로펠러 비행기 앞에서 눈을 반짝이며 웃는 사진이었다. 사진 속 남자는 마리 알릭스의 할아버지였다. 그는 조종사였고, 전쟁터에서 실종되었다.

나이 차이가 제법 나는 아이들 사진도 눈에 띄었다. 전부 엄마와 함께 찍은 사진이었다. 아빠의 사진은 한 장도 없었다. 울릭은 의아했지만 묻지 않았다. '떠났다'는 말을 잊지 않았기 때문이다. 어디로 떠났는지는 여전히 알 수 없었지만 떠난 것만은 확실해 보였다.

침대에 앉아서 방을 둘러보던 울릭은 갑자기 마음이 불편해졌다. 이누이트는 이글루에 주인 남자가 없으면 낯선 사내를 재우지 않았다. 낯선 사내가 여성을 동반했을 때만 예외였다.

토마스가 주방을 나오는 소리가 들렸다. 그의 발걸음이 울릭의 방문 뒤에서 멈추었다.

"울릭?"

"응?"

"안 자요?"

"응."

천천히 문이 열리고 수줍은 아이의 얼굴이 어둠 속으로 드러났다. 문간에 선 채로 들어올 생각을 않는 토마스를 보고 울릭은 이상한 생각이 들었다. 그는 또래의 아이들과 달랐다. 근심 어린 눈으로 아들을 바라보는 마리 알릭스의 시선도 여느 어머니와 달랐다. 카블루나 아이들을 잘 알지는 못했지만, 그가 보기에도 토마스는 매우 특별했다.

"토마스, 엄마는 네가 일찍 자기를 바랄 거야."

그가 아이를 침대 옆으로 불러다 앉히고 말했다.

"벌써 잤는걸요."

"그랬어? 하지만 아직 밤인걸."

"울릭도 안 자잖아요."

"나는 내일 학교에 안 가니까 괜찮아."

"울릭, 그런데 내일 정말 텔레비전에 나와요?"

토마스가 상기된 얼굴로 물었다. 사람들은 그의 텔레비전 출연에 관심이 많았다.

"울릭?"

"응?"

"하얀 곰 사냥 얘기 해주세요."

토마스는 사냥 이야기에 싫증을 전혀 느끼지 않았다. 사냥보다는 가죽 가공과 재봉에 관심이 많은 줄리엣과 반대였다. 줄리엣은 곰 가죽 곁에 토끼털을 덧대서 방한용 부츠를 만든다는 말에 큰 흥미를 보였다. 가죽을 부드럽게 만들기 위해 여자들이 입에 넣고 씹는다는 말에도 큰 관심을 보였다.

울릭은 토마스의 요청에 따라 사냥 이야기를 시작했다. 질주하는 개들과 멀리 눈밭 위로 어른거리는 곰, 달려드는 괴수의 몸뚱이에 실수 없이 창을 꽂아야 하는 위험천만한 순간에 관해 말이다.

"울릭, 진짜 곰을 죽였어요?"

토마스가 물었다.

이야기 도중 질문을 한 적은 처음이었다.

"응."

"몇 번이나요?"

"두 번."

울릭은 곰 두 마리를 한꺼번에 죽여서 나누크의 영을 모독했다. 이누크는 어떤 경우에도 곰을 연달아 사냥하지 않았다. 나누크의 영에게 죽은 곰과 작별할 시간을 주기 위해서였다. 그런데 울릭이 곰을 사냥한 바로 다음날, 또 다른 곰을 사냥한 것이다. 아끼던 개가 둘이나 정체불명의 곰에게 죽임을 당한 것이 원인이었다. 울릭은 분을 참지 못하고 개들을 해친 곰을 잡아 죽였다.

"그래서 저주가 내렸어요?"

"응, 아마도. 누구도 잘했다고 칭찬해주지 않았으니까."

그 일로 나바라나바도 잃었고…… 그가 생각했다.

울릭은 토마스에게 나누크의 영과 사냥 규칙을 설명하다 말고 마음이 불편해졌다. 신부와 사제들이 도착한 후 이누이트가 겪은 혼란을 아이에게 물려주고 싶지 않았다. 어린이는 타민족의 것이 아닌, 자기가 태어나 자란 땅의 법과 규칙을 배우며 성장해야 했다.

토마스가 굿나잇 키스를 하고 자기 방으로 돌아갔다. 사방이 다시 조용해졌다. 적막감이 감돌았지만 울릭은 외롭지 않았다. 조금만 정신을 집중해도 살짝 열린 문 너머로 세 사람의 숨소리를 들을 수 있었기 때문이다. 코를 골며 뒤척이는 줄리엣, 복도 맨 끝 방에서 자고 있을 마리 알릭스, 그리고 방금 자러 간 토마스까지. 이들이 내쉬는 숨은 무덤 속의 망자는 결코 흉내 낼 수 없는, 산 사람만이 줄 수 있는 위로였다.

성인 남자가 없는 집에서 유일한 남자로 깨어 있으니 울릭은 묘한 기분이 들었다. 어제까지만 해도 마리 알릭스 가족은 그가 오기 전과 같은 저녁을 보냈을 것이다. 사냥 이야기를 들려주는 남자 없이, 진정한 이누크가 되기 위해 시범을 보이는 아버지 없이, 따뜻한 이불 속에서 팔베개를 해주는 남편 없이 말이다. 그런 점에서 보면 마리 알릭스도 호텔에서 잠 못 이루던 울릭 못지않게 고독했다. 그런데도 그녀는 외로움과 두려움 등 내적 갈등을 밖으로 내보이지 않았다. 오히려 언제나 유쾌할 따름이었다.

울릭은 마리 알릭스의 방으로 가서 그녀를 꼭 안아주고 싶었다. 하지만 실행에 옮기지는 않았다. 무례하게 여겨질 수도 있기 때문이었다. 카블루나 풍습에 대해 지식이 보다 풍부했다면 좋았을 걸 그랬다. 그는 마리 알릭스의 미소와 그녀가 운전하는 모습을 떠올리며 잠이 들었다. 그리고 이누이트 나라를 향해 날아오르는 꿈을 꾸었다.

8

"부족의 생활양식을 묻는 질문만 간단히 몇 개 할 겁니다. 아셨지요? 그런 다음에는 우리나라에 온 소감이 어떤지 물어 볼 겁니다."

반듯한 이목구비에 근엄한 표정의 사회자가 말했다. 그는 나이를 가늠하기가 무척 어려웠다. 눈빛은 유능한 사냥꾼처럼 번득였지만, 숱이 적은 머리를 한쪽으로 빗어 넘긴 모습은 늙은 카블루나 같았다. 손등의 주름만이 나이를 짐작게 했다. 적어도 울릭보다 두 배는 나이가 많아 보였다.

카블루나는 남녀 모두 젊음을 숭상했다. 젊어 보이기 위해 흰머리를 염색하고 피부를 정성껏 가꾸었다. 주름진 손등을 위대한 추장이 갖추어야 할 덕목으로 여기는 이누이트와 반대였다. 이누이트는 연륜이 쌓일수록 가치가 높아졌다. 카블루나처럼 젊음을 얼마나 오래 유지하는가가 가치의 기준은 아니었다. 사냥을 하지 않는 카블루나 남자들과 가꾸지 않는 이누이트 남자들, 어쩌면 이 둘은 근본적으로 다른 종족인지도 몰랐다.

사회자가 말했다.

"좋습니다. 평소대로 자연스럽게 행동하세요. 방송 출연이 그렇게 어렵지는 않습니다."

울릭은 호텔 객실에서 처음으로 텔레비전을 시청했다. 텔레비전은 카블루나가 만든 발명품 중 술만큼이나 위험했다. 한번 마시기 시작하면 중단하기 어려운 술처럼, 텔레비전도 한번 보기 시작하면 도중에 멈출 수가 없었다. 배우의 연기가 진짜인지 아닌지 알아내기 위해 정신을 집중하다 보면 최면에 걸린 사람처럼 이리저리 채널을 돌리다 밤을 새우기 일쑤였다. 외로움을 달래기는 좋았지만 두 번 다시 보고 싶은 마음은 없었다.

울릭이 테이블에 앉자 머리 위로 스포트라이트가 켜졌다. 테이블은 갑오징어의 뼈처럼 길쭉한 타원 모양이었다. 곧이어 사회자가 카메라를 향해 멘트를 하기 시작했다.

9

"오늘은 스튜디오에 매우 특별한 분을 모셨습니다. 이곳에 오기까지 먼 거리를 날아온 분이시죠. 울릭입니다. 그와 그의 부족은 얼마 전 유네스코에서 인류문화유산으로 지정되었습니다."

사회자가 울릭을 향해 고개를 돌렸다.

"울릭, 인류문화유산이 된 소감이 어떻습니까?"

울릭은 긴장감에 온몸이 뻣뻣해졌다. 무슨 말을 해야 하지? 대답을 재촉하는 사회자의 눈치를 살피며 그가 더듬더듬 입을 열었다.

"음…… 한편으로는 좋고 다른 한편으로는 애석합니다."

"무슨 뜻인지 설명이 필요할 것 같은데, 가능할까요?"

"별 뜻은 없고, 그저 인류가 우리를 얼마나 소중하게 여기는지 알게 되어 기쁘다는 말이었습니다."

생각보다 말이 잘 나오지 않았다. 울릭은 그런 자신이 우스워 보일까봐 걱정되었다. 다행히도 사회자가 곧바로 그의 말을 받아쳤다.

"좋습니다. 이제 당신의 여행이 어떤 의미를 갖는지 알아볼까요? 시청자분들의 이해를 돕기 위해 준비했습니다. 시청자 여러분, 보시죠. 울릭의 나라와 그의 부족입니다."

사회자의 말이 끝나기가 무섭게 스크린 위로 빙산이 나타났다. 헬리콥터를 타고 촬영한 영상 속으로 북극의 태양과 일루리크 골짜기, 카블루나의 석유탐사기지와 붉은 천막이 보였다. 눈밭 위에 점점이 찍힌 이글루도 보였다. 울릭은 카블루나의 놀라운 기술력에 입을 다물지 못했다.

화면 속 해설자의 설명이 이어졌다.

"북극은 두 개의 공동체가 공존하는 곳입니다. 전통적인 방식으로 유목 생활을 하는 이누이트 부족과 석유탐사기지가 바로 그것입니다. 인류 역사상 최후의 부족으로 기록될 이 이누이트 마을에 우리는 최첨단 기술을 동원해 석유탐사기지를 세웠습니다."

설명에 이어 썰매를 끄는 개들과 채찍을 손에 쥔 이누이트가 나왔다. 카메라 앞에서 웃고 있는 낯익은 얼굴은 허풍쟁이 쿠리스티보크였다. 다음으로 이글루 앞에 선 추장과 통역을 위해 남극에서 온 쿠아난비사자크의 모습이 보였다. 리포터가 추장에게 물었다.

"석유탐사기지가 세워지고 마을에 어떤 변화가 있었는지 말씀해주시겠습니까?"

쿠아난비사자크가 추장의 말을 통역했다.

"우리는 서로 존중하며 사이좋게 잘 지내고 있습니다. 기지의 원조 덕분에 우리 부족은 부족함 없이 살게 되었습니다."

장면이 바뀌고 석유회사 직원들이 돌무더기 언덕 위에서 무언가를 측정하는 모습이 보였다. 직원들은 현대식 장비로 가득 찬 천막 안에서 상하의가 연결된 북극 옷을 입고 활짝 웃고 있었다. 이글루 안도 보였다. 순간, 울릭의 얼굴이 붉어졌다. 천막과 달리 이글루는 어둡고, 더럽고, 연기로 가득했다. 다음 장면에서는 이누이트 아이들이 카메라를 향해 눈 위를 달려왔다. 웃는 얼굴로 과자를 달라고 손을 내미는 아이들을 보고 울릭은 또다시 마음이 불편해졌다.

"이누이트는 전통적인 방식으로 수천 년 전부터 척박한 환경에 적응해 살아왔습니다. 우리는 최신 설비를 보급하여 이들도 문명의 혜택을 받을 수 있도록 도울 생각입니다."

수염을 길게 기른 카블루나가 말했다. 그는 이누이트를 인류문화유산으로 만든 장본인이었다.

다음 장면에서는 이누이트 사냥꾼이 나왔다. 하나같이 썰매에 늘어져 있거나 개들에게 고함을 치며 썰매를 모는 모습이었다. 모피를 입고 지평선을 응시하는 여자의 모습도 보였다. 나바라나바였다. 그녀는 심장이 멎을 만큼 아름다웠고 여신처럼 신비로웠다.

"울릭!"

사회자가 그의 이름을 불렀다. 나바라나바 생각에 젖어 있던 그가 놀란 눈으로 사회자를 향해 고개를 돌렸다.

"흠흠, 우리나라에 오신 지 이제 며칠이 지나셨는데요. 영상으로 고향을 보니까 기분이 어떠십니까? 감회가 남다를 것 같은데요."

울릭은 북극으로 돌아가고픈 마음을 솔직하게 털어놓고 싶었다. 그러나 그를 초대해준 이들을, 유네스코와 마리 알릭스를 실망시킬 수는 없었다.

"모두 잘 지내는 걸 보니까 마음이 한결 놓입니다."

무난한 대답이었지만 잘못 통역된 추장의 말처럼 사실과는 거리가 멀었다. 추장은 "카블루나가 온 뒤로 우리 이누이트는 게을러졌습니다"라고 말했다. 그는 인터뷰 내용이 잘못 보도

되었다고 밝혀야 할지 고민했다.

"좋습니다. 그럼 반대로, 우리나라에 와서 인상 깊었던 점이 있다면 뭘까요?"

어떤 말을 하면 좋을지 판단이 서지 않았다. 머릿속이 하얗게 비워진 느낌이었다. 그가 대답을 찾아 헤매는 동안에도 시간은 잘도 지나갔다. 마침내 울릭이 고민 끝에 입을 열었다.

"직업이 가장 인상적이었습니다."

"직업이요?"

"네, 우리나라에는 사냥꾼이라는 직업밖에 없습니다. 그런데 이 나라에는 수없이 많은 직업이 존재하더군요. 만나는 사람마다 각기 다른 분야에서, 제가 알지 못하는 일에 종사하고 있었습니다."

"네, 그렇군요! 맞습니다! 그런데 울릭, 이누이트 여성들은 어떤 일을 합니까? 그들도 사냥을 합니까?"

"여자들은 자녀 양육과 집안일을 도맡아 합니다. 가죽을 가공하고, 사냥을 떠난 남편 대신 집안을 돌보죠."

사회자가 웃음을 터뜨렸다. 뜻밖의 반응이었다.

"알겠습니다. 여하튼 다들 잘 지내는 것 같다니 다행입니다. 울릭, 어려운 걸음을 해주셔서 대단히 감사합니다. 인류 문화유산인 부족의 소개도 잘 들었습니다."

사회자의 말에 울릭은 중요한 점을 놓치고 있었다는 사실을 깨달았다. 그는 사회자의 말처럼 자신의 부족을 소개하러 이곳에 온 것이었다. 그렇다면 무언가 그럴듯한 이야기로 부족의 우수성을 알려야 했다.

　"울릭, 앞으로도 이누이트를 세상에 알리는 데 힘써주시기 바랍니다. 끝으로 부족민의 안녕과 평화를 빕니다."

　"잠깐만요. 하고 싶은 말이 한 가지 더 있습니다."

　울릭의 말에 사회자는 당황한 표정을 지었다. 클로징 멘트를 마치고 방송을 마무리해야 했기 때문이다. 하지만 수천 수백만 명의 시청자 앞에서 게스트로 초대된 이누이트를 푸대접할 수는 없었다. 그랬다가는 시청자들로부터 온갖 비난을 살 수 있었다. 무슨 일이 있더라도 그는 친절하고 예의 바른 사회자로 남아야 했다.

　"아, 그게 뭘까요? 요점만 간단히 말씀해주실 수 있겠습니까? 안타깝지만 시간상 여유가 없네요. 양해 부탁드립니다."

　"네, 알겠습니다. 저는 카블루나의 이중적인 삶에 관해 이야기를 나누고 싶었습니다."

　"무슨 의미인지 짧게 설명을 부탁드려도 될까요?"

　"이 나라는 인구가 많습니다. 저는 일주일 동안 이곳에 머물며 수많은 사람을 만났습니다. 우리나라에서 평생 만난 사람보다 훨씬 많은 수였습니다. 그런데 모임에 초대되어 이런 저런 사람들과 만나며 한 가지 의문이 들었습니다. 이렇게 사람도 많고, 모임도 자주 갖는데, 왜 저녁마다 혼자서 쓸쓸한 시간을 보내는지 이유가 궁금했습니다."

"듣고 보니까 저도 궁금해지네요. 고맙습니다. 말씀 잘 들었습니다. 시청자 여러분, 이어지는 순서는 시사입니다."

스태프들의 재촉에 울릭은 허둥지둥 자리에서 일어났다. 그리고 지시에 따라 무대 뒤로 이동했다. 화면은 다시 사회자의 얼굴로 채워졌고, 그는 수치심과 함께 스튜디오를 빠져나왔다. 마지막 말은 하지 말았어야 했다. 공연한 말로 시간을 끌어서 모두에게 폐가 되었다. 후회해도 소용없는 일이었다.

IO

울릭의 등장에 분장실에 있던 사람들이 환호했다. 그는 거울 앞에 앉았다. 메이크업 아티스트가 울릭의 얼굴에 축축한 액체를 발랐다. 그러자 화장이 지워지며 본래의 얼굴로 돌아왔다. 마리 알릭스가 옆자리에 앉으며 거울에 비친 그를 향해 말했다.

"울릭, 정말 멋졌어요!"

"아니에요. 창피해서 죽을 것 같아요."

마리 알릭스가 그의 어깨를 감싸고 토닥였다. 다정한 위로의 손길에 불편했던 마음이 조금 진정되었다.

"울릭, 뭐가 부끄러워요? 직업 얘기는 정말 흥미로웠어요."

"그런데 왜 모두 그렇게 웃었지요?"

마리 알릭스가 난처한 표정을 지었다.

"그건…… 아마 놀라서 그랬을 거예요. 여성의 역할이 이 곳과는 다르니까."

"나도 알아요! 하지만 바보가 된 기분이에요."

울릭의 기분이 언짢아진 이유는 촬영을 망쳤기 때문만은 아니었다. 그는 스크린에 비친 나바라나바를 보고 불안해졌 다. 그녀에게 치근덕거릴 남자들 생각에 화도 났다. 특히 허 풍쟁이 쿠리스티보크는 생각만으로 몸서리가 쳐졌다. 미친 짓이었다. 마을을 떠나지 말았어야 했다. 하루빨리 나바라나 바에게 돌아가야 했다. 어린애처럼 목에 수건을 두른 채 낯선 여자에게 얼굴을 닦일 때가 아니었다. 그는 북극의 영에게 지 금 당장 빙판 위로 데려다 달라고 요청하고 싶었다.

생각이 이쯤 되자 마리 알릭스의 다정한 눈빛도 위로가 되 지 않았다. 게다가 사회자의 질문에 허둥대며 내놓은 대답은 얼마나 하찮았던가! 바보가 따로 없었다.

복도에서는 누군가 싸우고 있었다.

"먼저 브리핑을 해줬어야죠!"

"석유회사를 거론해야 하는지 몰랐어요! 아무 지시도 못 받았다니까요! 이건 유네스코가……."

"빌어먹을! 우리가 이 일에 얼마나 많은 돈을 투자했는지 알아요?"

"죄송해요. 하지만 우리 프로그램은 광고가 아니에요."

"아, 그래요? 그럼 다음에는 광고를 잡아보죠. 예산이 얼마나 나오는지 한번 볼까요?"

플로랑스였다. 그녀는 석유회사 대표와 협력관계의 커뮤니케이션 담당자로 마리 알릭스의 친구였다. 울릭은 마리 알릭스와 함께 잠자코 다투는 소리를 들었다. 그리고 서로의 입장만 내세우는 이 말다툼의 중심에 울릭이 있다는 사실을 알았다.

분장사가 그의 목에 둘러진 수건을 빼냈다. 울릭은 그 즉시 의자에서 스프링처럼 튀어나왔다. 분장실을 나서는데 왈칵 눈물이 쏟아졌다. 가능한 빨리 이 굴욕적인 장소를 벗어나고 싶었다. 마리 알릭스는 그런 그를 위해 가능한 사람들의 시선을 피할 수 있는 곳으로 그를 안내했다.

두 사람은 차를 타고 방송국을 빠져나왔다. 도로는 평소보다 통행량이 많았다. 마리 알릭스는 이후의 일정을 전부 취소했다. 길이 막히기도 했지만 울릭의 기분을 고려해서였다. 울릭은 집으로 가고 싶지 않았다. 난생 처음 혼자 있고 싶은 기분이 들었다. 아무에게도 굴욕감을 들키고 싶지 않았고, 누구의 동정도 받고 싶지 않았다. 그래서 마리 알릭스가 호텔로 데려다주기를 바랐다. 수치심으로부터 스스로를 보호하는 데는 아무도 없는 호텔 객실이 나았다. 혼자 있어도 상처 난 마음이 낫지 않으면 폴라 비어를 몇 잔 마시면 됐다. 하지만 그는 결국 아무 말도 하지 못한 채, 마리 알릭스를 따라 집으로 돌아갔다.

아파트에 도착한 뒤 그는 방에 틀어박혔다. 혼자 틀어박혀 몇 시간이고 밖으로 나오지 않았다. 그런데도 기분이 좋아지지 않았다. 아마도 위로가 필요한 듯했다. 때마침 마리 알릭스가 방문을 열고 들어왔다. 그녀는 그를 안았고, 그는 그녀의 품에서 안도했다. 혼자 있고 싶은 마음은 어느새 사라지고 없었다.

II

울릭은 잠에서 깨어났다. 그는 벌거벗은 몸으로 마리 알릭스의 침대에 누워 있었다. 거실에서 인기척이 느껴졌다. 누군가 그가 있는 방으로 다가오고 있었다.

"엄마?"

줄리엣이었다. 울릭은 온몸이 얼음처럼 굳었다. 소리를 내서 안에 누가 있는지 알려야 할까? 아니면 가만히 있어야 하나? 마리 알릭스는 어디 있지? 출근해서 집에 없나? 그가 갈팡질팡하며 어쩔 줄 몰라 하는 사이에 줄리엣은 벌써 방문 뒤에 당도했다.

"울릭?"

줄리엣이 문을 열고 울릭을 쳐다보았다.

"주, 줄리엣, 욕조에 물을 받고 있었어."

시트로 몸을 감싼 채 그가 손가락으로 욕실 문을 가리켰다.

"욕조는 여기 없어요!"

실수였다. 그녀의 말대로 안방 욕실에는 욕조가 없었다.

줄리엣의 시선이 양탄자 위로 떨어졌다. 울릭은 얼굴이 화끈거렸다. 바닥에는 울릭과 마리 알릭스의 옷이 널브러져 있었다. 당황한 얼굴로 황급히 돌아선 아이를 보고 그는 미안한 마음이 들었다. 그도 놀랐지만, 더 놀란 쪽은 줄리엣이었다. 마리 알릭스가 딸의 이른 하교를 귀띔해주었다면 좋았을 걸 그랬다. 아니면 그를 깨우고 출근했더라면……

줄리엣이 자기 방에서 문을 걸어 잠그는 소리가 났다.

울릭은 마리 알릭스의 남편에게 허락을 구했어야 했는지 자문했다. 하지만 어떻게? 그가 생각했다. 어디로 떠났는지 알지도 못하는 사람에게 어떻게 허락을 구하지? 아이들과 정기적으로 만나는 눈치지만, 그렇다고 그를 한 집안의 가장이라고 할 수 있을까? 혹시 모르잖아, 줄리엣이 지금쯤은 나를 새아버지로 생각할지?

이누이트에게 남녀의 동침은 상대를 가족으로 받아들이는 의식이었다. 그래서 동침한 뒤에는 곧바로 가족이 되어 한 지붕 아래서 같이 살았다. 그런데 이번에는 한 가지 문제가 있었다. 울릭은 마리 알릭스의 새 남편이 될 수 없었다. 북극으로 돌아가야 했기 때문이다.

울릭은 욕실로 들어갔다. 머릿속이 복잡했다. 수도꼭지를 돌리자 따뜻한 물이 소용돌이치며 쏟아졌다. 물이 채워지며 욕조 안에 있던 오리 모양 고무 인형이 수면 위로 떠올랐다 가라앉기를 반복했다. 영의 경고일까? 울릭은 장난감 오리를 바라보며 동질감을 느꼈다. 물살에 휘말리는 오리와 낯선 땅에서 방황하는 그가 같은 운명처럼 느껴졌다.

12

"우리 앞으로 초대장이 왔어요."

마리 알릭스가 말했다.

"네? 방금 뭐라고 했어요? 우리라고 했어요?"

"네, 당신과 나, 그러니까 우리지요. 나는 당신의 가이드잖아요."

그녀가 미소를 지으며 카드 한 장을 내밀었다. 석유회사 대표로부터 온 초대장이었다. 카드에는 순록을 닮은 동물 그림이 그려졌다.

"그가 당신을 호주머니에 넣고 싶은가봐요."

마리 알릭스가 말했다.

"그게 무슨 말이죠?"

"당신을 자기편으로 만들기 위해 잘 보이려는 것 같다고요."

"왜요?"

"회사 이미지를 위해서요. 우리나라에서 석유회사는 인식이 안 좋거든요. 반대로 이누이트에 대한 인식은 상당히 좋은 편이죠. 그래서 석유회사가 유네스코에 거액을 기부하는 거예요. 회사의 이미지를 위해서라도 이누이트를 보호해야 하니까. 북극에 학교와 보건소를 세우고, 이런저런 사업을 벌이는 것도 다 그런 이유예요."

울릭은 마리 알릭스의 말이 이해되지 않았다. 부족을 보호하기 위해 석유회사가 했다는 일들이 그의 눈에는 오히려 부족을 위협하는 일로 보였기 때문이다. 잘못 통역된 추장의 말도 생각났다. 카블루나가 호의를 베푼 건 맞지만, 그들은 우화 「곰과 정원사」의 곰과 비슷했다. 파리 한 마리로부터 주인을 지키려다 주인을 죽인 곰 말이다.

마리 알릭스가 초대장을 살펴보며 말했다.

"사냥도 하나봐요. 리셉션 다음에는 저녁 만찬이 있네요."

"사냥을 한다고요?"

사냥이라는 말에 울릭은 몹시 흥분했다. 석유회사 대표가 갑자기 위대해 보이기까지 했다. 드디어 그가 가진 재능과 열정을 전부 쏟아부을 일거리가 생겼다. 사냥은 이누크 남자의 삶에서 매우 큰 부분을 차지했다.

"맞아요. 그림에 나온 이런 동물을 사냥해요."

"총으로요?"

"아니요, 이건 몰이사냥이에요. 개를 풀어 사슴을 궁지로 몰고, 말을 타고 쫓아가서 잡는 거죠. 당신이 좋아할 행사예요."

마리 알릭스가 미소를 지었다.

두 사람은 아직 말을 놓지 않았다. 몇 번이나 동침한 사이치고는 이상했다. 게다가 마리 알릭스는 사랑이라는 단어를 입 밖에 내지 않았다. 처음에는 카블루나 여자들이 다 그런가 보다 했다. 하지만 아니었다. 지난밤 텔레비전에 나온 카블루나 여자만 봐도 그렇지 않았다.

울릭은 마리 알릭스가 돌아오기를 기다리며 텔레비전을 틀었다. 화면 속에서 머리를 곱게 틀어올린 여자가 중년 남자에게 물었다. "우린 지금 어디로 가는 중이죠?" 두 사람은 방안에 있었다. 그런데도 어디로 가느냐고 물었다. 이상한 질문이었지만, 울릭은 한편으로 이해가 갔다. 질문의 '어디'가 장소가 아닌 관계에서 어느 한 지점을 일컫는다면, 마리 알릭스에게도 한 번쯤은 묻고 싶은 말이었다.

울릭은 채널을 다른 곳으로 돌렸다. 이번에는 여러 명의 여자가 어떤 남자와 사랑에 빠지고 싶은지, 이상형은 누구인지 토론을 벌이고 있었다. 그녀들의 의견을 종합해보면 이랬다. 여자들은 스포티한 남자를 좋아했다. 유머러스한 남자도 좋아했고, 능력 있는 남자와 이해심 많은 남자를 좋아했다.

울릭은 마음이 놓였다. 그에게는 스포티한 남자와 사냥꾼이라는 단어가 동의어로 들렸다. 능력 있는 남자와는 상당히 거리가 멀었지만 그렇다고 미리 절망할 필요는 없었다. 고아로 자라 능력을 발휘할 기회가 없었을 뿐 가능성은 충분히 열려 있었다. 문제는 유머 감각이었다. 이따금 그가 던지는 농담에 마리 알릭스가 웃기는 했지만 늘 웃다 만 느낌이었다. 이해심 많은 남자는 의미가 모호했다. 지식의 폭이 넓어서 아는 게 많다는 뜻인지, 아니면 여자의 마음을 훌륭히 헤아릴 줄 안다는 뜻인지 분간이 안 갔다. 둘 중 어느 쪽이든 울릭에게는 해당되지 않았다. 그래도 다행이었다. 이해력은 연습을 통해 향상될 수 있었다. 사냥감의 습성을 이해하기 위해 반응을 살피는 과정에서 훌륭한 사냥꾼이 되는 것과 같은 이치였다.

방송에 나와서 이상형을 찾는다고 말하는 여자들은 모두 행복해 보였다. 울릭은 이상한 생각이 들었다. 이누이트 사회에서는 지병이 있거나, 성격이 나쁘거나, 남자를 건사하지 못하는 여자만 짝을 구하지 못했다. 그래서 외로움은 떳떳하게 내세울 게 못 됐다. 하지만 카블루나 여자들은 다른 듯했다. 그녀들은 방송에 나와 짝을 구하면서도 부끄러워하거나 슬퍼하지 않았다.

울릭의 텔레비전 시청은 토마스로 인해 중단되었다. 그는 집으로 돌아오자마자 곰 사냥 이야기부터 해달라고 졸랐다. 울릭은 다른 아이들과 조금 다른, 토마스만의 독특한 성격을 알아가는 중이었다. 그는 한번 흥미를 느끼면 지겨울 정도로 되풀이해야 직성이 풀렸다. 사냥꾼인 울릭조차 따분하게 느끼는 곰 이야기에 아직도 열을 올리는 걸 보면 그랬다.

토마스의 끈질긴 요구에 사냥 이야기를 반복하면서도 울릭은 두려웠다. 북극곰의 영이 깨어나 벌을 주면 어쩌지? 토마스에게 사냥 이야기를 주저하는 이유를 설명해줄까? 하지만 그런다고 토마스의 관심이 사라질 것 같지는 않았다. 간밤에도 그는 좋아하는 천문학 이야기를 하며 거의 밤을 새웠다(놀랍게도 그는 지구와 각 행성 간의 거리를 정확히 알고 있었다). 토마스는 착하고 예쁜 아이였다. 집중력도 좋았다. 하지만 그의 집중력은 흥미로운 대상이 있을 때만 발휘되었고, 상대방의 마음을 헤아리거나 주변을 살피는 데에는 늘 무관심했다.

울릭은 모닝커피를 마시며 초대장을 읽었다.

"사냥할 때 나도 말을 탈 수 있어요?"

그가 마리 알릭스에게 물었다.

그냥 해본 말이었지만 사진 속 기수와 말의 표정만 봐도 쉬운 일은 아닐 듯싶었다.

"울릭, 말을 타봤어요?"

"아니요, 그래도 개는 잘 몰아요. 썰매도 잘 타고요. 사냥 전에 조금만 연습하면 금방 배울 거예요."

마리 알릭스는 대답을 망설였다. 그래도 즐거워 보였다. 울릭이 즐거워했기 때문이다. 그가 행복할 때는 그녀도 행복해 보였다. 진정한 사랑이 아니고서는 불가능한 일이었다.

줄리엣이 잠이 덜 깬 얼굴로 주방에 들어왔다. 울릭은 시선을 피했다. 마리 알릭스는 그녀의 방에서 그가 줄리엣과 마주친 일에 대해 아직 모르고 있었다.

"안녕히 주무셨어요?"

줄리엣이 맞은편 의자에 앉아서 울릭과 마리 알릭스를 노려보았다.

"물론이야, 아주 잘 잤어. 너는?"

"아, 저도요."

줄리엣은 커피에 우유를 한가득 붓고 양손으로 들고 마셨

다. 커피 잔이 무거운 모양이었다.

"언제까지 여기 계실 거예요?"

줄리엣이 물었다.

"이 집에 언제까지 있을 거냐고? 글쎄, 나도 모르겠어."

"울릭을 초대한 건 우리야, 줄리엣."

"우리라고요? 엄마가 아니고요?"

"줄리엣!"

마리 알릭스의 낯빛이 어두워졌다.

"줄리엣, 나한테 할 말이 있으면 이따가 해. 모두의 아침을 망치지 말고."

"예의를 지키란 말이죠? 네, 네, 알겠어요. 어쩌면 그렇게 늘 같은 말을 되풀이하죠? 지겹지도 않아요?"

줄리엣이 빈정대는 어투로 대꾸했다.

"그래, 나도 지겨워. 그러니 어서 울릭에게 사과해. 우유 좀 그만 넣고. 너도 네가 우유를 소화하지 못하는 걸 알잖아."

줄리엣은 보란 듯이 우유를 들이부었다. 이때, 토마스가 주방에 들어와 차례로 입을 맞추었다.

"엄마, 안녕히 주무셨어요? 누나랑 울릭도 잘 잤어요?"

토마스는 평소와 다른 분위기에 조용히 앉아 모두의 눈치를 살폈다.

"무슨 일이에요? 내가 뭘 잘못했어요?"

"토마스, 아니야. 아무 일 없어."

"아, 그렇군요!"

마리 알릭스의 내답에 안심한 듯 그가 익숙한 손놀림으로 얇게 자른 빵에 버터를 발랐다. 순간, 모두의 시선이 불편한 상황을 피해 토마스에게 집중되었다.

"울릭, 곰 이야기를 해줄 수 있어요?"

토마스가 물었다.

울릭은 토마스의 부탁이 처음으로 반갑게 느껴졌다.

13

"당신은 북극이 내게 준 선물이에요."

마리 알릭스가 울릭의 뺨을 쓰다듬으며 말했다. 두 사람은 침대에 같이 누워 있었다. 아이들은 학교에 가고 없었다. 울릭은 마리 알릭스의 파란 눈동자와 분홍색 입술을 응시했다. 입술 사이로 흰 치아가 반짝였다. 파랗고, 붉고, 흰 빛깔의 놀라운 조화였다. 그녀가 나지막한 목소리로 속삭였다.

"우리 북극의 선물 씨는 정신 나간 카블루나 여자에게 할 말이 없으신가요?"

"있어요. 당신은 내게 남쪽 나라가 준 선물……."

그녀가 웃음을 터뜨렸다.

"물물교환이에요?"

"선물을 교환하지 않고 어떻게 다른 두 문화가 조화를 이루죠?"

마리 알릭스의 표정이 어두워졌다.

"무슨 걱정이라도 있어요?"

울릭이 물었다.

"줄리엣 때문에 그래요."

그녀가 대답했다.

"줄리엣에게 설명을 해줘야겠지요?"

"무슨 설명이요?"

"나도 줄리엣을 좋아한다고요. 그래서 해를 끼치지는 않을 거라고요."

마리 알릭스가 웃었다.

"줄리엣이 겁내는 건 그런 게 아니에요."

울릭은 카블루나에게 가족이 어떤 의미인지 몰랐다.

"그러면 뭐가 문제죠?"

마리 알릭스의 시선이 울릭에게로 향했다.

"걱정하지 말아요. 당신이 신경 쓰지 않아도 돼요. 줄리엣과 얘길 좀 나눠봐야겠어요. 그동안 내가 좀 소홀했어요."

"아이들의 아버지는 어떤 사람이에요?"

"휴, 그 바보 천치에 관해서는 한마디도 하고 싶지 않아요."

천장을 뚫어지게 쳐다보며 그녀가 말했다. 바보 천치, 처음 듣는 단어였지만 칭찬은 아닌 듯했다. 마리 알릭스가 그에게 몸을 돌리며 물었다.

"북극의 선물 씨, 줄리엣도 나도 너무 걱정하지 말아요."

"남쪽의 선물이 웃으면요. 그러면 더는 걱정하지 않을게요."

마리 알릭스는 웃는 대신 팔꿈치로 몸을 괴고 상반신을 일으켰다.

"유네스코가 우리의 선물 교환을 어떻게 생각할지 모르겠네요. 나도 어떻게 해야 할지 모르겠고."

"나는 인류문화유산이에요. 그러니 내가 뭘 하든 잘했다고 해줄 거예요."

"북극의 선물이 카블루나의 속성을 빨리도 이해했네요. 그런데 문제는 남쪽의 선물이에요. 모두 그녀를 비난할 거예요."

"그녀가 방황하는 이누크에게 덫을 놓아 잡았다고요?"

마리 알릭스의 눈이 휘둥그레졌다.

"당신도 그렇게 생각해요?"

"농담이었어요."

"이런, 미안해요."

"걱정하지 마세요. 누가 뭐라고 해도 당신은 언제나 남쪽 나라가 내게 준 소중한 선물이에요."

"정말이에요? 아, 이제야 좀 안심이 되네요."

울릭은 마리 알릭스의 뺨이 목덜미에 닿을 때까지 가까이 끌어당겼다. 그녀의 볼은 젖어 있었다.

"마리 알릭스?"

"미안해요…… 그동안 좀 외로웠나봐요."

미리 알릭스가 코를 훌쩍이며 말했다.

울릭은 이토록 멋진 여성이 왜 이제껏 혼자 살았는지 의아했다.

14

　며칠 뒤, 마리 알릭스가 장을 보러 간 사이에 전화벨이 울렸다. 집이 비었을 때 전화가 오면 울릭은 보통 자동응답으로 전환되기를 기다렸다. 그런데 그날은 다른 생각에 골몰한 나머지 평소와 달리 수화기를 들고 말았다.

　"여보세요?"

　남자 목소리였다.

　울릭은 당황해서 수화기를 든 채 전화를 끊어야 할지 말아야 할지 고민했다. 남자가 물었다.

　"당신이 울릭인가요?"

　울릭은 깜짝 놀랐다. 아무에게도 그가 마리 알릭스의 집에서 지낸다고 말하지 않았기 때문이다.

"네, 그렇습니다."

"아! 안녕하세요? 저는 꾸뻬라고 합니다."

"꾸뻬 씨요?"

"네, 토마스의 정신과 의사지요. 토마스로부터 당신의 이야기를 많이 들었습니다."

"아, 이제 이해가 갑니다. 토마스는 참 착한 아이예요."

"네, 맞아요. 착한 아이죠. 한번 뵙고 싶은데, 가능할까요? 언제가 좋으시죠?"

꾸뻬 박사는 동그란 안경에 콧수염을 기르고 있었다. 전문의치고는 상당히 젊어 보이는 남자였다. 그는 생각에 잠길 때마다 콧수염을 매만지는 버릇이 있었다. 환자와 상담할 때는 가까운 곳으로 의자를 끌어다 앉았다. 상대방과의 거리감을 좁히기 위해서였다. 언젠가 마리 알릭스가 한 말이 기억났다. 카블루나 나라에는 그가 모르는 분야의 의사가 있었다. 놀랍게도 그들은 인간의 정신을 치료했다. 꾸뻬 박사도 그들 중하나였다.

"그럼 조상의 혼도 부를 수 있나요? 동물의 영은요? 혹시 신도 볼 수 있습니까?"

정신의학이라는 말이 정확히 어떤 뜻인지 몰랐던 울릭이

터무니없는 질문을 했다.

"아니요. 최면이나 꿈을 치료에 사용하는 의사도 있지만, 그런 건 못 합니다. 우린 그저 환자들이 스스로의 문제를 자각하게 돕고 약을 처방해줄 뿐인걸요."

"정신과 전문의 안에서도 여러 분야가 나뉜다는 말인가요?"

"네, 맞습니다."

"그런데 의사가 그렇게 많으면 누구한테 가야 하죠? 누가 내 병을 치료해줄지 알고요?"

"하하, 맞습니다. 쉬운 일이 아니죠. 그래서 가끔은 시행착오도 겪습니다. 하지만 안심하세요. 토마스와 저는 꽤 잘 맞는 파트너거든요."

울릭은 꾸뻬 박사가 왜 그런 말을 하는지 알 것 같았다. 그는 상대방의 말에 진심으로 귀를 기울였다. 다른 카블루나들처럼 친절하려고 노력하지도 않았다.

울릭은 그에게 카블루나의 나라에 오게 된 배경을 설명했다. 그리고 책으로 가득한 책장을 둘러보았다. 책 사이에는 작은 조각상들이 놓여 있었다. 모두 여신과 남신 상이었지만 이누이트나 카블루나의 것은 아니었다. 돌로 된 이누이트 조각도 있었다. 곰이었다. 곰은 커다란 날개를 펼치며 변신하는 중이었다.

"퀘벡에서 가지고 온 겁니다. 이누이트에게도 이런 조각들이 있지요?"

꾸뻬 박사가 물었다.

울릭은 그렇다고 대답하며 다음에 일각돌고래 뿔로 만든 조각상을 가져다주겠다고 약속했다.

"이제 토마스 얘기를 좀 나눠볼까요? 당신도 눈치 챘겠지만 토마스는 다른 아이들과 다릅니다. 특별한 아이죠."

꾸뻬 박사가 말했다.

"저도 압니다. 토마스는 자기만의 생각에 빠져 사는 것 같아요. 그래서 그런지 주변에서 일어나는 일에 통 관심이 없습니다."

"음, 정확한 표현입니다."

"게다가 똑같은 일을 반복하고, 똑같은 이야기를 반복해 듣는 걸 좋아해요. 곰 사냥 얘기만 해도 벌써 여섯 번은 더 했어요."

"그럴 겁니다. 나도 토마스에게 그 얘기를 들은 게 대여섯 번이 넘으니까. 흠, 그런데 당신 부족은 정말 총 없이 사냥합니까? 잘못 들은 게 아닌가 싶어서요."

꾸뻬 박사가 입가에 부드러운 미소를 지었다.

북극의 이누이트는 불을 뿜는 무기를 사용하지 않는 최후의 부족이었다. 울릭은 그런 자기 부족이 자랑스러웠다.

"당신의 부족만 총을 사용하지 않는다고요? 왜요? 어떻게 그럴 수 있지요?"

"추장이 그렇게 결정을 내렸으니까요."

추장은 젊은 시절 카블루나와의 접촉으로 남극 이누이트에게 어떤 변화가 생겼는지 생생히 목격한 사람이었다. 그래서 부족을 북쪽 멀리 이주시켰다. 자기 부족이 카블루나에게 종속되기를 바라지 않아서였다.

"추장은 총을 사용하는 즉시 우리 문화가 사라질 거라고 했어요."

"나폴레옹이 세상에 많았다면, 지금쯤 아마 여러 문화가 소멸했을 겁니다. 이누이트 문화를 포함해서."

꾸뻬 박사가 한숨을 내쉬었다. 나폴레옹을 위대한 카블루나 추장으로만 알던 울릭은 꾸뻬 박사의 말을 긍정적으로 해석했다.

"자, 이제 토마스 이야기로 돌아와 볼까요? 나는 당신이 그에게 좋은 영향을 줄 수 있다고 생각합니다. 토마스를 만날 때마다 그와 내가 하는 훈련을 당신이 집에서 해줄 수 있다고요. 어려운 건 아닙니다. 그저 그가 주변에 관심을 갖도록 독려하는 놀이를 하면 됩니다. 어떻습니까? 혹시 가능할까요?"

꾸뻬 박사가 물었다.

"토마스의 아버지는요? 그도 아이와 그 놀이란 걸 합니까?"

"음, 이선 말하기 조금 예민한 문제인데, 그는 아들에게 관심이 없어요. 치료비를 지불하기는 합니다. 새어머니도 모성애가 강한 사람이 아니에요. 게다가 지금쯤은 아마 둘 다 토마스에게 지쳤을 겁니다. 주말에 토마스가 아빠 집에 가서도 혼자 노는 걸 보면요."

울릭은 또래의 친구도 없이 혼자서 노는 아이를 상상했다. 그러자 사방이 꽉 막힌 공간에 갇힌 듯 숨이 막혀왔다.

"그런데 토마스는 왜 그런 행동을 하죠? 부모님이 헤어져서 그런가요?"

"그렇다고 대답하는 의사도 있겠지만, 나는 생각이 조금 다릅니다. 토마스는 어렸을 때부터 늘 자기만의 방에서 나오지 않았어요."

울릭은 토마스의 아버지에 대해 조금 더 자세히 알고 싶었다. 하지만 쉽게 입이 떨어지지 않았다. 이상하게 보일까봐 걱정이 되어서였다. 하지만 꾸뻬 박사는 뭐든 들을 준비가 된 사람 같았다. 마침내 그가 용기를 내어 물었다.

"그런데 그가 왜 떠난 거죠?"

"다양한 요인이 있겠지만, 젊은 여성과 외도를 하는 중년 남성들은 아내로부터 채우지 못한 존재감을 다른 여성에게서 채우려 합니다. 이누이트 남성도 크게 다르지 않을 겁니다. 남자들은 누군가에게 존경받는다고 느낄 때 실추된 명예가 회복된다고 느끼거든요."

"무슨 말인지 알겠습니다. 그래도 이혼만은 피할 수 있지 않았을까요?"

"그건 아마 마리 알릭스가 원하지 않았을 겁니다."

꾸뻬 박사가 빙그레 미소를 지었다.

"울릭, 당신 나라에도 이혼이라는 제도가 있습니까?"

"네. 그런데 우리는 이혼 후에 바로 재혼을 해요. 이혼한 여자는 언제든 자유롭게 남편감을 물색할 수 있죠. 이누크 남자는 아내가 없으면 살 수 없어요. 그래서 목이 빠지게 배우자를 기다리는 건 언제나 남자 쪽이지요. 혼자서는 제대로 된 옷을 입고 사냥에 나가지도 못하니까요. 그래서 우리 부족 여자들은 남편 없이 오래 살지 않아요. 평생을 혼자 사는 여자도 없고요."

"우리와 완전히 딴판이네요. 이 도시만 해도 절반의 여성들이 혼자 살거든요."

수천 수백만 명의 여자가 남자 없이 혼자 살다니…… 울릭은 믿기지 않았다.

"그 여자들은 전부 남편이 없어요?"

"있기도 하고 없기도 합니다."

"네? 그게 무슨 뜻이죠?"

"음, 설명하자면 길어요. 제일 중요한 이유만 말하자면 결혼이 더는 필수가 아니게 된 거고요."

"예전에는 달랐나요?"

"네, 옛날에는 우리도 당신들과 비슷하게 살았어요. 그때만 해도 여자들이 남편을 필요로 했으니까요. 출가를 위해, 생계를 위해, 그리고 미래의 자녀들을 위해서요."

울릭은 카블루나의 남녀관계가 이누이트와 많이 다르다는 사실을 알았다.

"이누이트 부족도 피임을 합니까?"

박사가 물었다.

"네, 그런데 별다른 피임 도구는 없습니다. 이누이트 여자들은 여름에만 월경을 하거든요. 그래서 태양이 지지 않는 여름에는 남녀 모두 다른 때보다 욕정을 강하게 느낍니다. 그래서 원치 않는 임신을 하는 경우는 거의 없습니다. 태어난 아이들은 전부 부족의 환영을 받고요."

"음, 흥미롭군요. 사랑의 계절이 따로 있다니……."

꾸뻬 박사가 생각에 잠겨 중얼거렸다.

"물론 기근이 드는 해는 예외입니다."

울릭은 기근이 들면 무슨 일이 벌어지는지 꾸뻬 박사에게 말할 용기가 나지 않았다. 기근이 심할 때는 일부 아기들이 다른 생명을 위해 희생되었기 때문이다. 직접 목격한 적은 없지만 이누이트에게는 영아 살해 풍습이 있었다. 카블루나 나라에서는 기근이 사라진 지 오래였다. 그런데도 거리에 아이들이 많지 않았다.

"당신들은 왜 아이를 갖지 않나요? 물질적으로 전혀 부족함이 없어 보이는데요."

"좋은 질문입니다."

꾸뻬 박사가 대답했다.

"그런데 이 이야기는 다음에 나눠야 할 것 같네요. 오후에 진료할 환자가 몇 명 더 있어서요."

15

울릭은 아파트로 들어갔다. 마리 알릭스가 열쇠를 줘서 그는 이제 집 안팎을 자유롭게 드나들 수 있었다. 계단에서 이웃과 마주칠 때는 배운 대로 말없는 미소로 인사를 대신했다.

관리실 앞을 지날 때였다. 마리아가 황급히 문을 열고 나왔다. 마리아는 관리인의 아내였다.

"당신에게 온 편지가 있어요."

그녀가 말했다. 마리아는 이누이트 여자처럼(나바라나바를 제외하고) 키가 작고 통통했다.

편지는 스탬프로 도배되어 있었다. 얼마나 많은 곳을 거쳤을지 스탬프만 봐도 짐작이 갔다.

"텔레비전에서 봤어요."

마리아가 말했다.

"아, 네, 저한테는 그다지 좋은 기억이 아니라서……."

"어머, 그렇지 않아요! 아주 멋지게 나왔는걸요? 여자들이 가죽을 씹는다는 얘기도 굉장히 재밌었어요. 그거만큼 좋은 다이어트 방법이 없잖아요, 안 그래요? 씹다 보면 허기가 달래질 테니까. 살도 빼고 예쁜 부츠도 만들고 일석이조죠!"

"수다쟁이 여편네 같으니 뭔 잡소리가 그렇게 길어?"

관리실 안쪽에서 남자가 소리쳤다.

"내가 뭘 어쨌다고 그래? 얘기도 못 해?"

미구엘이 나타났다. 그는 평상시처럼 졸린 얼굴이었다. 밤새 일한 모양이었다.

"그 방송이라면 나도 봤소. 그런데 거기서는 새를 어떻게 잡소? 혹시 염주비둘기도 사냥해봤소?"

"아니요. 염주비둘기는 처음 들어봅니다. 어떻게 생긴 새지요?"

"그냥 몸집이 큰 비둘기라오. 그물로 잡는. 국경 일대에서 많이 잡히지."

"그물을 사용하면 굉장히 많이 잡을 수 있겠네요."

"늘 그런 건 아니라오. 수확량이 좋은 해는 따로 있거든. 언제 한번 놀러 오시오. 한잔하면서 사냥 얘기나 하게. 나중에

봅시다."

미구엘이 다시 관리실로 들어갔다. 울릭은 흥분해서 계단을 뛰어오르며 편지 봉투를 뜯었다. 편지는 남극의 이누이트 통역사 쿠아난비사사ㄱ가 보낸 것이었다.

울릭에게

안녕하십니까? 잘 지내는지 먼저 안부를 묻습니다.

당신이 없는 동안 이곳에는 많은 변화가 있었습니다. 기지 확장으로 마을이 맞은편 언덕으로 이사를 가게 되었습니다. 카블루나는 설상차를 빌려주겠다고 했지만, 추장이 거절했습니다. 그는 카블루나를 여전히 싫어합니다. 반대로 쿠리스티보크는 카블루나가 준 총으로 사향소를 마구잡이로 잡아들였습니다. 덕분에 그의 허풍은 더 심해졌습니다.

좋은 소식도 있습니다. 당신이 떠난 뒤에 마을에 아기가 둘이나 태어났습니다. 그중 한 아이는 벌써 하늘나라로 갔지만요. 이 일로 기지의 책임자가 마을에 다녀갔습니다. 그는 의사를 데려와 아픈 사람들을 치료해주겠다고 말했습니다. 추장은 이 제안에도 고개를 저었습니다. 하지만 결국 성난 여자들의 항의를 이기지 못하고 제안을 받아들였습니다. 이것을 시작으로 모든 것이 변했습니다.

편지와 함께 당신을 애타게 기다리는 누군가의 선물을 보냅니다. 부디 빨리 돌아오세요.

북극의 영이 언제나 당신과 함께하기를 바랍니다.

쿠아난비사자크 씀

봉투에는 바다까치의 깃털 세 개와 한 가닥으로 묶은 머리 타래가 들어 있었다. 나바라나바의 것이었다. 울릭은 아파트 계단에서 편지를 든 채로 숨죽여 눈물을 흘렸다.

16

    현관문을 열고 들어가는데 음악 소리가 따갑게 귀를 때렸다. 줄리엣이었다. 울릭은 그녀와 대화를 나눠야겠다고 생각했다. 꾸뻬 박사를 만난 이후, 그는 자신감이 생겼다. 박사의 말처럼 그가 토마스에게 필요한 사람이 될 수 있다면, 줄리엣과의 관계도 역전될 가능성이 있었다.

    방문을 열어보고 울릭은 흠칫했다. 줄리엣이 또래의 친구와 함께 있었기 때문이다. 다른 소녀들처럼 친구에게 고민을 털어놓는 모양이었다.

    "울릭, 노크할 줄도 몰라요?"

    줄리엣이 언짢은 표정으로 쏘아붙였다.

    울릭은 당황했지만 자신의 실수를 인정했다. 카블루나 나라에서는 문을 열기 전 노크를 해서 들어가도 좋은지 미리 허락을 구해야 했다. 보고 싶은 사람 집에 별다른 사전 의식 없이 들어갈 수 있는 이누이트와는 대조되는 풍습이었다.

"아, 미안······."

울릭이 말을 더듬었다. 줄리엣의 친구가 웃으며 인사했다.

"안녕하세요, 울릭!"

줄리엣의 친구는 키가 컸고 긴 갈색 머리에 나지막한 코 주위로 주근깨가 귀엽게 박혀 있었다. 울릭은 초롱초롱한 소녀의 눈망울을 보고 그녀가 줄리엣과 같은 종족임을 단번에 알아차렸다. 놀기 좋아하고 고집이 센, 천방지축 말괄량이 말이다.

"헐, 에스키모치고는 키가 큰데!"

그녀가 줄리엣을 쳐다보며 말했다.

"반가워요, 내 이름은 디안이에요."

"아, 안녕, 디안!"

"울릭, 이제 그만 나가줄래요?"

"줄리엣, 너무 그러지 마. 좀 지나친 것 같아."

줄리엣은 한숨을 쉬며 일어나 문을 향해 걸어갔다.

"둘이 할 얘기가 있으면 해. 난 전화할 데가 있어서 나갔다 올게."

울릭이 줄리엣을 따라 나가려는데 디안이 말을 걸었다.

"텔레비전에서 봤어요."

그녀가 말했다.

"그래? 생각보다 많이들 봤나보네."

"줄리엣이 그날 당신이 텔레비전에 나온다고 알려줬거든
요. 정말 재미있었어요."

"아냐, 별로 재미없었어."

"진짜 재미있었다니까요!"

"그래? 예를 들면 어떤 게?"

"글쎄요, 지금은 생각이 잘 안 나요. 하지만 진짜 재미있었
어요. 부족민의 생활과 사냥, 뭐 그런 거요. 게다가 마지막에
나온 에스키모 여자는 정말 예뻤어요. 앗, 미안해요. 이누이
트! 정정할게요. 그런데 그 예쁜 여자는 누구예요? 혹시 아는
사람이에요?"

"응."

"역시 그랬군요! 내가 바보 같은 질문을 했어요. 거긴 서로
다 알고 지내죠?"

"그렇게 바보 같은 질문은 아니었어."

"고마워요. 학교 선생님도 당신처럼 생각해주면 좋을 텐데."

울릭은 디안에게 나중에 어떤 직업을 갖고 싶은지 물었다.

"나도 아직 몰라요. 남자친구가 클럽에서 일하는데 어쩌면 그쪽으로 갈 수도 있고요."

"남자친구와 결혼할 거야?"

"미쳤어요? 내가 왜 걔랑 결혼을 해요?"

"좋아서 만나는 거 아니었어?"

"그렇다고 결혼을 해요? 다른 남자들은 어떻게 하고요?"

울릭은 이해되지 않았다. 서로 잘 맞으면 언제든 결혼할 수 있지 않나? 그의 반응에 디안이 다른 소녀들처럼 손으로 입을 가리고 웃었다.

"다른 남자도 만나봐야죠. 어떤 남자가 좋은지 아직 모르니까."

카블루나 소녀들은 '좋은 남자'를 만나려면 많은 남자를 만나야 한다고 생각하는 듯했다. 그런데 네 번째 남자를 만나고 난 뒤에야 처음 만난 남자가 '좋은 남자'였다는 사실을 알게 되면 어떻게 되는 걸까? 네 번째, 다섯 번째 남자들과 헤어지고 나서야 오랫동안 기다려온 남편감이 첫 번째 남자라는 사실을 알게 된다면? 울릭이 질문하려던 차에 줄리엣이 방으로 들어왔다.

"얘기 다 했어?"

"응, 울릭은 참 좋은 사람 같아."

"그래? 다행이네. 울릭, 이제 친구랑 둘이 있어도 되지요?"

울릭은 소녀들을 남겨두고 밖으로 나왔다. 문을 닫고 돌아서는데 줄리엣과 디안이 소곤대는 소리가 들렸다. 이누이트는 새싱에서 귀가 가장 밝은 부족이었지만, 둘 다 그가 들을 거라고는 예상하지 못한 모양이다.

"야, 굉장히 섹시하다! 네가 왜 그런 걱정을 하는지 알겠어."

"뭐야, 그런 반응은? 전혀 위로가 안 되잖아!"

울릭은 침대에 누워 주근깨가 가득한 디안의 얼굴을 떠올렸다. 장난기가 가득한 소녀의 얼굴은 그를 한숨짓게 했다. 생각보다 고단한 여행이 될 것 같았다. 카블루나 여자들이 많고 많은 남자 중에서 어떻게 좋은 짝을 찾는지도 여전히 궁금했다.

17

울릭을 제외하고 널찍한 회의용 테이블에 앉은 사람은 모두 여성이었다. 여자가 열셋, 울릭이 회의에 참석한 이들의 머릿수를 셌다. 그들 모두 울릭을 주제로 회의를 열게 된 사실에 무척 흥분한 얼굴이었다.

마리 알릭스는 울릭의 오른편에 앉아 있었다. 지나치게 노골적이거나 대답하기 힘든 질문에 대신 답하기 위해서였다. 석유회사의 커뮤니케이션 담당자인 플로랑스도 회의에 참석했다. 그녀는 방송국에서 본 날보다 머리카락 색이 조금 밝아져 있었고, 평소처럼 정성껏 화장을 한 얼굴이었다. 플로랑스는 여자치고는 꽤 큰 목소리로 이따금 비비안이라는 여자의 말을 가로막았다. 비비안은 회의가 진행 중인 건물의 꼭대기 층에 머물며 부하직원들을 통솔하는 여성지의 추장이었다.

회의실로 이동하며 울릭은 복도와 사무실을 점령한 여자들을 보고 무척 놀랐다. 남자라고는 울릭이 전부였다. 그가 지나가자 모두 일을 멈추고 그를 쳐다보았다.

"울릭이 우리나라 여성을 어떻게 생각하는지 써보면 어떨까요? 독자들이 재미있어하지 않을까요? 제목을 '울릭, 그는 우리를 어떻게 생각하는가?'로 정하고요."

금발에 작은 키의 여자가 가느다란 목소리로 말했다.

"재미있는 주제네요. 그런데 그 전에 이누이트 여성의 삶을 조명해보면 어떨까요? 이슈가 되기에는 이게 더 낫지 않을까요?"

곱실거리는 갈색 머리카락의 여자가 다른 의견을 냈다.

"우리 잡지를 읽는 구독자들은 그런 데 관심 없어요. 아시잖아요."

지위가 제법 높아 보이는 중년 여성이 지적했다.

"구독자들에게 새로운 시각을 열어주는 것도 우리가 해야 할 일이라고 생각해요. 다른 부족 여성의 현실을 세상에 알리는 것도 중요하다고요. 마리 알릭스, 안 그래요?"

여성지의 대표 비비안이 말했다.

마리 알릭스는 대답을 하기 전에 회의에 참석한 이들의 표정을 살폈다.

"저는 비비안의 말에 동의해요. 이누이트 여성의 삶을 집중적으로 다루면 좋을 것 같아요."

"그러면 처음부터 이누이트 여자를 데려왔어야지요."

회의 시작부터 불만이 많아 보이던 여자가 불쑥 끼어들었다.

"맞아요, 이누이트 여자가 왔다면 더 재밌었을 거예요."

누군가 맞장구를 쳤다.

"잠깐만요. 이러다가는 이누이트 부족을 통째로 데려오라는 소리가 나오겠어요. 우린 지금 울릭과 함께 있어요. 그는 이누이트 대표로 이곳에 왔고 우리나라 말을 굉장히 잘해요. 더없이 훌륭한 대변인이자 최고로 이상적인 증인이죠."

"맞아요. 이누이트 여성을 추가로 섭외할 필요는 없어요. 울릭이 우리를 어떻게 생각하는지, 그 점만 다뤄도 독자들의 흥미를 충분히 끌어낼 수 있을 거예요."

비비안이 말했다.

"그럼 제목은요? '울릭, 그는 우리를 어떻게 생각하는가?'로 정해진 건가요?"

금발에 작은 키의 여자가 모두의 의견을 물었다. 그녀는 콧날이 뾰족했다. 폭도 좁아서 예민해 보였지만 주근깨 때문에 소녀 같은 인상을 풍겼다. 그래도 무척 똑똑한 사람인 것 같왔다. 비비안이 그녀를 향해 고개를 돌리고 말했다.

"네, 그게 좋겠어요. 인터뷰는 당신에게 맡기죠."

"알겠습니다. 울릭, 인터뷰 날을 언제로 잡을까요?"

"잠깐만요. 저도 참석할게요."

마리 알릭스가 말했다.

"정말이세요?"

금발에 작은 키의 여자가 달갑지 않은 표정을 지었다.

"좋은 생각이에요! 혹시 괜찮은 인터뷰 질문이 있으면 우리에게도 알려주세요."

비비안이 말했다.

"나도 가야겠어요. 이 인터뷰는 당신들뿐만 아니라 우리에게도 무척 중요해요."

플로랑스도 합류 의사를 밝혔다.

"인터뷰가 아니라 기자회견이 될 것 같군요."

금발에 작은 키의 여자가 빈정거리는 어투로 말했다.

"기자회견이 싫으면 지금 얘기해요. 당신이 아니어도 인터뷰를 진행할 사람은 많으니까."

비비안의 말에 모두가 입을 다물었다. 금발에 작은 키의 여자가 얼굴을 붉히며 대답했다.

"아니요. 제가 하겠습니다."

"울릭, 당신의 의견을 묻지 못했네요. 그래서 말인데, 지금 이 상황이 어떻게 보이죠? 회의를 지켜보며 어떤 생각이 들었나요?"

갈색 곱슬머리 여자가 울릭에게 질문을 던졌다.

회의에 참석한 이들이 울릭을 향해 일제히 고개를 돌렸다. 그러자 각기 다른 개성의 직원들 얼굴이 한눈에 들어왔다. 그녀들을 보고 울릭은 남자가 한 명도 없던 사무실 풍경이 떠올랐다.

"저는⋯⋯."

말을 하려다 말고 그가 입을 다물었다. 생각을 정리할 시간이 필요했기 때문이다.

"울릭, 그냥 솔직하게 말하면 됩니다. 우리를 보며 어떤 생각이 들었나요?"

비비안이 물었다.

"그렇다고 너무 솔직하면 곤란해요. 알아서 뺄 건 빼고 말하도록 하세요."

플로랑스가 너스레를 떨었다.

"왜 그래야 하지요?"

금발에 작은 키의 여자가 불쾌한 표정을 지었다. 회의실 안에 다시 침묵이 감돌았다. 그때였다. 그에게 좋은 아이디어가 떠올랐다. 울릭이 침묵을 깨고 대답했다.

"여러분에게는 남자가 불필요해 보입니다. 남자 없이 사는 법을 통달한 분들 같아요."

회의에 참석한 이들의 시선이 교차했다.

"흠, 듣기 싫은 말은 아니네요."

비비안이 말했다.

18

"울릭, 이 나라의 여성을 어떻게 생각하십니까?"

"아름답다고 생각합니다."

"고맙습니다. 그런데 이누이트 여성은 아름답지 않은가요?"

"이누이트 여성도 아름답습니다. 서로 다른 풍경도 각자의 멋을 뽐내며 완벽한 조화를 이룰 수 있습니다."

"이누이트 여성들이 이곳에 와서 산다고 가정해봅시다. 그들은 행복할까요?"

"다양한 종류의 화장품을 보면 아마도 그럴 것 같습니다. 이누이트 여자들은 화장품을 직접 만들어 씁니다. 그래서 효능이 떨어집니다. 질도 나쁘고요. 제일 좋은 화장품이 동물의 지방이니까."

"화장품 외에 이누이트 여성이 또 무엇을 좋아할까요?"

"직업이 생기면 좋아할 것 같습니다. 카블루나 여자들처럼 식상에 다니는 거요. 물론 싫어하는 사람도 있겠지만."

"왜죠?"

"이미 다른 삶에 익숙하니까요. 이누이트 여자들이 남자들과 똑같은 일을 하고 살았다면, 우리 남자들은 벌써 설 자리를 잃고 도태되었을 겁니다."

"우리는 여성도 일을 합니다. 아시다시피 남녀의 일에 큰 구분도 없습니다."

"그런 것 같더군요. 저는 이곳 여자들을 보면서 여자도 남자 못지않은 훌륭한 일꾼이 될 수 있다는 사실을 알았습니다. 그러고 보니까 우리 부족에도 용감한 여자들이 있습니다. 그들은 남자들만큼 개를 잘 몹니다."

"우리나라 여성도 용감해 보이나요? 개를 잘 모는 이누이트 여성들처럼?"

"그렇습니다. 하지만 둘 사이에는 차이가 존재합니다. 그건 바로 용기를 내야 할 대상이 다르다는 것입니다. 이누이트 여성은 추위와 배고픔에 맞서야 합니다. 생후 며칠 만에 세상을 떠나는 아기들의 죽음과도 맞서야 하고, 야영지에서 멀리 떨어질 때면 곰을 만날 위험도 감수해야 합니다."

"우리나라 여자들은 어떤 점에서 용감하다고 생각하십니까?"

"솔직하게 말씀드려도 됩니까?"

"물론입니다."

"이곳 여자들은 고독과 마주할 때 매우 용감해지는 것 같습니다. 저만 하더라도 이 나라에 와서 처음 호텔에서 혼자 잤는데, 상당히 외로웠습니다. 그래서 이곳의 많은 여자들이 혼자 산다는 이야기를 듣고 무척 놀랐습니다."

"혼자 사는 여자와 당신의 외로움은 다르지 않을까요? 당신은 아니겠지만 이곳 여성들은 혼자 살겠다는 선택을 한 거니까요."

"아마도요. 하지만 자의에 의한 것이든 타의에 의한 것이든 고독과 맞서려면 매우 큰 용기가 필요합니다. 아주 강한 추위나 곰에게 맞설 때처럼요. 둘의 성격은 다르지만, 용기가 필요하다는 점에서는 같습니다."

"우리나라 여자들이 왜 혼자 산다고 생각하십니까?"

"모르겠습니다. 아직 배울 게 많습니다."

"간단하게 말씀해주시면 됩니다."

"흠, 이건 그냥 저의 개인적인 생각입니다. 저는 이곳 여자들이 보호 본능을 일으키지 않는다고 느꼈습니다. 남자들로

하여금 여자를 지켜야겠다는 생각을 못 하게 하는 거죠."

"여자를 보호하는 게 남자의 역할이라고 생각하십니까? 그래서 곁에 머무는 거라고요?"

"적어도 우리나라에서는 그렇습니다. 남자의 보호 없이 여자는 식량을 구할 수 없으니까요. 물론 필요에 의해 구성된 관계라 해도 사랑을 바탕으로 한다면 더 좋을 겁니다."

"이곳 여성이 이누이트 여성과 많이 다르다고 생각하십니까?"

"겉으로 보기에는 그렇습니다."

"자기를 보호해줄 남자가 필요하지 않기 때문일까요?"

"글쎄요, 어쩌면 이 나라 여성에게도 남자가 필요할지 모릅니다. 어디까지나 정서적 차원에 머무는 거겠지만."

"여성이 남성을 보호할 수 있다고는 생각하지 않으십니까?"

"물론 여성도 남성을 보호할 수 있습니다."

"이곳 여성과 사랑에 빠질 수도 있을까요?"

"애석하게도 제게는 이미 약혼녀가 있습니다."

"약혼녀가 없다면요?"

"분명 이곳 여성과 사랑에 빠졌을 겁니다."

"이누이트에게 사랑에 빠진다는 것은 어떤 의미입니까?"

"끝없이 그 사람을 생각하고, 그 사람을 보면 기분이 좋아지고, 이별에 아파하고, 그 사람이 다른 누군가를 좋아하게 될까 두려운 것, 다른 일에는 집중할 수 없게 만드는 것 같습니다."

"우리와 비슷하네요."

"네, 그래서 사랑에 깊이 빠진 남자는 위험합니다. 사냥에 쏟아야 할 에너지를 다른 데 쓰는 거니까요. 그런 상태에서는 훌륭한 사냥꾼이 되기 어렵습니다. 자칫하다가는 여성에게 주도권을 빼앗길 수도 있고요."

"여성에게 주도권을 넘겨줄 의향은 있습니까?"

"이곳 여자들의 통솔력이 대단하다는 점은 인정합니다. 그래도 주도권을 빼앗기면 마음이 불편할 것 같습니다. 제게는 낯선 일이거든요. 그런데 여기서 계속 살다보면 주도권이 자연스럽게 넘어갈 것 같습니다. 여자가 저를 먹여 살린다면 당연히 그렇게 되지 않을까요? 하지만 그런 다음에도 과연 서로를 사랑할 수 있을지는 의문입니다."

"남녀관계에 있어 우리와 이누이트의 가장 큰 차이는 무엇이라 생각하십니까?"

"우리 이누이트는 여성과 남성의 역할이 뚜렷하게 구분됩니다. 이곳의 남녀관계에 대해 아는 바가 없어서 단정 지어 말씀드리기는 힘들지만 분명한 차이가 있으리라고 여깁니다."

"끝으로 독자들에게 전할 말이 있다면?"

"이제 남자들이 배워야 할 차례입니다. 차분히 남자들을 가르칠 선생님은 아마도 이 잡지처럼 영향력 있는 매체인 것 같고요."

"감사합니다. 우리나라에서 보내는 시간이 좋은 기억으로 남길 바랍니다."

"네, 감사합니다."

19

"울릭, 사냥을 이렇게 좋아하는 줄 몰랐어요. 즐거운 모습을 보니까 정말 기뻐요."

플로랑스가 말했다.

"제가 더 고맙죠. 덕분에 재미있는 시간을 보내게 되었어요. 말을 타지 못해 유감이긴 하지만요."

"오, 당신처럼 소중한 사람을 말에 오르게 할 수는 없어요. 너무 위험해요."

그들은 지프차를 타고 사냥을 했다. 기지 근처에서 본 것과 매우 비슷한 모양의 자동차였다. 마르셀이라는 이름의 뚱뚱한 남자가 운전석에서 차를 몰고 울릭은 조수석에 앉았다. 두 사람과 반대로 사냥에 큰 흥미가 없던 플로랑스와 마리 알릭스는 뒷좌석에 앉아서 잡담을 나누었다. 마르셀은 울릭의 옆에서 이따금 나무 이름을 가르쳐주고, 사냥이 어떻게 진행되는지 설명해줬다. 울릭은 그런 그에게 금세 호감을 느꼈다.

플로랑스는 마리 알릭스보다 몇 살 연하였다. 그녀는 오늘도 신기한 방법으로 얻은 완벽한 금발에 액세서리와 화장으로 한껏 치장한 모습이었다. 플로랑스와 반대로 마리 알릭스는 립스틱을 바르고 볼터치를 한 게 전부였다. 울릭은 수수하게 꾸미는 편이 훨씬 마음에 들었다. 화장품 냄새보다는 자연 그대로의 냄새가 훨씬 사랑스럽게 여겨졌다. 플로랑스는 목소리도 마리 알릭스처럼 부드럽지 않았다. 행동도 거칠었고, 마리 알릭스보다 키는 작았지만 훨씬 튼튼해 보였다. 신체적 장애가 없는데도 결혼을 하지 않고 자식도 두지 않는 걸 보면 남자의 영을 가진 여자임이 분명했다.

마리 알릭스와 플로랑스는 오랜 친구였다. 둘은 카블루나의 추장 딸들이 다니는 학교에 함께 다녔다.

"저기 하나 나타났다."

마르셀이 소리쳤다.

사슴 한 마리가 빠른 걸음으로 오솔길을 지나 울창한 숲으로 뛰어들었다. 사냥개들은 매섭게 짖으며 사슴 뒤를 쫓았고, 붉은색 옷을 입은 기수들이 말을 타고 나타났다. 울릭은 거품이 이는 말의 콧구멍과 돌출된 눈을 보고 경외심을 느꼈다.

"사슴이 지쳤어요. 곧 잡히겠어요."

마르셀이 말했다.

"나는 이런 순간이 정말 싫어."

마리 알릭스가 속삭였다.

"마리, 이런 게 인생이야. 너는 너무 예민해."

플로랑스가 대꾸했다.

"그렇다고 인생의 모든 면을 좋아할 수는 없잖아."

"울릭, 당신도 그렇게 생각해요?"

울릭은 의아했다. 카블루나 나라에 무지한 그에게 어떤 대답을 기대하고 물었는지 궁금했다.

"우리나라에서도 사냥은 삶의 일부예요."

그가 뒷좌석으로 고개를 돌리고 대답했다.

"거봐. 내가 뭐라고 그랬어?"

플로랑스가 마리 알릭스에게 핀잔을 주었다.

"그런데 이누이트는 식량과 모피가 필요할 때만 사냥을 해요."

몸서리치는 마리 알릭스를 보고 울릭이 한마디 덧붙였다.

"맞아요. 우리가 하는 사냥과는 본질적으로 다르죠."

마리 알릭스가 말했다.

"이건 우리나라의 풍습이야. 울릭, 당신 나라에도 당신들만의 풍습이 있잖아요, 안 그래요?"

플로랑스가 짜증이 섞인 목소리로 물었다.

"물론 그렇지만 이곳과는 달라요. 우리나라의 풍습은 어디까지나 생명과 직결되고, 생활을 유지하는 데 꼭 필요한 것들뿐이니까."

플로랑스가 울릭을 노려보았다. 자존심이 몹시 상한 얼굴이었다.

"빌어먹을, 왜 저기로 가는 거야? 보샤르 저수지에서 끝장을 내려나 보네. 저길 봐요, 벨 할라리(짐승을 함정에 몰아넣었을 때 사냥꾼이 외치는 함성)가 시작되었어요!"

마르셀이 액셀을 밟으며 소리쳤다.

벨 할라리는 울릭의 생각과 다른 방향으로 흘러갔다.

사슴은 숲 근처의 집 정원으로 들어가 몸을 숨겼고, 집주인으로 보이는 원예복 차림의 여자가 기수들을 안으로 들어오지 못하게 막았다. 개들이 달려들자 사슴이 정원에 주차해둔 자동차 보닛 위로 뛰어올랐다.

"젠장, BMW잖아! 저러다 박살 나겠어!"

마르셀의 반응을 보아하니 상당히 비싼 자동차 같았다.

"흥, 아직도 사냥에 반대하는 얼간이가 있네."

개와 기수들을 향해 고함을 지르는 집주인을 보고 플로랑스가 투덜거렸다.

사슴은 보닛 위로 달려드는 개들을 피해 자동차 지붕 위로 올라갔다. 그리고 힘껏 뿔을 휘둘렀다. 계속되는 집주인의 고함 속에는 '경찰' '소송' 같은 단어가 섞여 있었다. 기수들은 하는 수 없이 양손에 채찍을 들고 개들을 정원 밖으로 끌어냈다. 집주인은 그제야 물 양동이를 들고 사슴 곁으로 다가갔다. 그때까지도 사슴은 꼿꼿하게 선 채로 자동차 지붕에서 내려오지 않았다.

기수들이 지프차 곁을 지나갔다. 분노로 이글거리는 기수들의 눈을 보고 울릭은 묘한 형제애를 느꼈다. 이누이트에게도 사냥감을 놓치는 일이 종종 있었다. 분명 졸고 있던 바다코끼리가 사냥꾼의 습격을 알아차리고 바닷속으로 잠수해 들어갈 때가 그랬다.

사냥에 참가한 이들 모두가 그날 아침 출정식이 있던 저택으로 모여들었다. 만찬을 들기 위해서였다.

"울릭이 우리나라의 풍습을 어떻게 생각할지 궁금해지는걸."

마리 알릭스가 매력적인 미소를 지으며 말했다. 플로랑스
의 얼굴은 딱딱하게 굳어 있었다.

20

　"울릭! 울릭! 울릭!"

　만찬에 참석한 이들이 박자에 맞추어 구호를 외쳤다.

　저녁 식사가 끝나가고 있었다. 모두들 식사에 곁들인 와인을 마시고 잔뜩 취해 있었다. 울릭은 와인이 처음이었다. 마리 알릭스는 취하지 않았다. 요령껏 잔을 피한 덕분이었다.

　"지금이 연설을 시작할 제일 좋은 때예요."

　마리 알릭스가 울릭의 귀에 대고 속삭였다.

　울릭의 자리는 기다란 테이블 끝이었다. 벽에 걸린 사슴 머리들과 만찬에 참석한 이들이 한눈에 들어오는 자리였다. 의자에서 일어서며 울릭은 기분이 묘해졌다. 사슴들이 크고 깊은 눈망울로 그를 바라보는 듯했다. 개중에는 북극에서 온 사냥꾼을 더 자세히 보려고 고개를 길게 빼는 녀석도 있었다. 홀에 모인 사람들은 남녀 구분 없이 사냥할 때와 같은 옷차림이었다. 먼 옛날, 전쟁에서 승리한 부대의 향연과 흡사했다. 카블루나 나라에서는 여자도 남자처럼 사냥을 했다. 카블루나 여성들의 자유를 향한 갈망이 있었기에 가능한 일이었다.

연설이 끝나자 석유회사 대표가 울릭의 손을 잡았다. 그는 은발에 키가 컸고 눈매가 매서웠다. 그날의 사냥은 실패했지만, 울릭은 그를 보자마자 유능한 사냥꾼임을 알았다.

"울릭, 감동적인 연설이었습니다. 모두의 바람과 달리 사냥 결과가 좋지 않았지만, 결과적으로 나쁘지만은 않았습니다. 덕분에 내게도 한계가 있음을 배웠으니까요."

사람들의 얼굴에 경건한 미소가 떠올랐다. 석유회사 대표는 매우 겸손한 사람 같았다. 수천 명의 직원을 거느리는데도 빙하에서 떨어져 나온 일개 에스키모 앞에서 너무도 공손했다.

"감사합니다. 저도 대표님의 연설에 감동했습니다. 대표님이 아니었다면 저는 오늘 이 자리에 설 수 없었습니다. 우리 부족의 존재를 세상에 알리지도 못했을 겁니다."

찬사가 쏟아졌다. 이누이트가 우리나라 말을 저렇게 잘하다니! 게다가 상당히 지적이잖아! 울릭은 트랑블레 대위와 함께 라퐁텐의 우화와 『클레브 공작부인』을 읽던 어린 날들에 감사했다. 석유회사 대표의 입가에 흡족한 미소가 떠올랐다.

"친애하는 여러분……."

모두의 바람에 따라 울릭이 다시 테이블 끝에 섰다.

"울릭! 울릭! 울릭!"

"모두 조용!"

석유회사 대표의 말 한마디에 사방이 고요해졌다. 울릭은 환호하는 청중에게 오늘은 모두가 사냥꾼으로 산 날이니, 지루한 연설 말고 재미있는 사냥 이야기를 들려주겠다고 했다.

"여러분이 이누이트 나라를 방문하고 나면, 이 방은 분명 북극곰 머리로 가득 찰 겁니다."

박수갈채가 터져 나왔다. 마리 알릭스의 다정한 시선을 느끼며 그가 이야기를 이어갔다.

"어느 아침, 우리는 눈 위에 찍힌 곰 발자국을 발견합니다. 그리고 오늘 여러분이 한 것처럼 개를 풀어줍니다. 개들은 흥분해 앞으로 돌진합니다. 하지만 이누이트 부족의 개들은 오늘 사슴을 쫓던 개들처럼 큰 소리로 짖지 않습니다. 훌륭한 개는 곰에게 자신의 존재를 드러내지 않기 때문입니다."

모두가 울릭에게서 시선을 떼지 않았다. 청중의 눈빛에서 울릭은 꿈과 희망을 읽었다. 그의 목소리가 넓은 홀을 메우며 사방으로 퍼져나갔다. 그때였다. 누군가 속삭였다.

"저자를 꼭 우리 편으로 만들어. 알아들었어?"

석유회사 대표였다. 그도 모르는 눈치였지만, 이누이트는
세상에서 귀가 가장 밝은 부속이었다.

21

"여기요. 이걸 좀 보세요. 오늘 아침에 생긴 거예요."

이끼로 뒤덮인 지면을 가리키며 마르셀이 속삭였다. 가까이 다가서자 흙 위에 찍힌 두 개의 홈이 보였다.

새벽이었다. 모두 잠든 시간, 울릭은 마르셀과 함께 탐험에 나섰다. 마르셀은 오솔길을 앞서 걸으며 울릭에게 사슴의 생태에 관해 설명했다.

숲속 도보 여행은 멋진 체험이었다. 숲은 이누이트 나라에서는 볼 수 없는 나무로 가득했다. 마르셀이 끈기 있게 가르쳐준 덕분에 산책이 끝날 때쯤 울릭은 열 종 이상의 나무를 분간할 수 있었다. 숲을 지나며 그는 몸과 마음이 회복됨을 느꼈다. 대도시나 호텔의 미궁처럼 복잡한 복도에서는 맛볼

수 없는 평화였다. 마리 알릭스가 나무를 가리켜 '삶의 정수'라고 한 말은 과언이 아니었다.

마르셀의 설명에 따르면 수사슴 중에는 여러 마리의 암사슴을 거느리는 놈들이 있었다. 녀석들은 매해 새롭게 태어나는 어린 암컷에 관심을 갖고 접근했다. 그런데 짝짓기에 성공해서 새로운 암컷을 거느리게 되어도 이전의 짝을 떠나지는 않았다. 반면, 무리에서 제일 어린 수컷이 연장자에게 도전장을 내밀 때는 싸움에서 우위를 차지한 놈이 패한 수컷의 암컷을 모두 차지했다.

앞서 걷던 마르셀이 갑자기 걸음을 멈추었다. 울릭은 마르셀의 시선이 향하는 곳으로 고개를 돌렸다. 잡목림 너머로 한 무리의 사슴 떼가 보였다. 밤새 차가운 이슬을 맞아서 사슴들은 털이 모두 젖어 있었다. 새까만 콧방울에서는 숨을 쉴 때마다 따뜻한 김이 뿜어져 나왔다. 울릭은 덩치 큰 수컷과 그의 암컷들이 머리를 한데 모으고 서 있는 광경에 넋을 잃었다. 몸이 숲의 영으로 채워지는 순간이었다.

마르셀의 집은 오솔길이 끝나는 지점에 있었다. 몇 해 전 마르셀의 아버지가 세상을 떠나고, 어머니가 요양원에서 돌아가시기 전까지 그는 그곳에서 부모님과 함께 살았다. 울릭은 요양원이라는 단어가 생경했다. 요양이라는 말이 은퇴와

은둔, 후퇴의 의미가 있음은 알았지만, 퇴직한 노인들이 따로 모여 사는 곳이 있는 줄은 몰랐다. 마르셀이 벽장에서 목이 긴 병과 자그마한 잔을 두 개 꺼냈다.

"오늘은 어머니 기일이에요. 혼자라서 어머니를 보살필 수 없었죠. 낮에는 거의 집에 없으니까."

울릭은 카블루나 노인들이 한데 모여 사는 장면을 상상해보았다. 그들은 손자를 보살피는 기쁨도, 옛날이야기를 들려주는 즐거움도, 살림을 거드는 보람도 없이 불행한 말년을 보냈다.

"이누이트는 어떻게 합니까?"

마르셀이 물었다.

울릭은 그의 질문이 불편했다. 죽음에 관련해서는 이누이트의 풍습도 만만치 않아서 마르셀이 충격을 받을 것 같았다. 사실 울릭의 나라에서는 노인이 혼자 병원으로 죽을 자리를 찾아갔다. 부족의 이동을 기다렸다가 썰매를 끌고 혼자서 사라지는 것이다. 이때 가족들은 사라진 노인을 찾지 않았다.

마르셀의 반응은 예상과 반대였다. 그는 놀라지도, 충격을 받지도 않았다.

"나도 그렇게 삶을 마감했으면 좋겠군요."

옅은 호박 빛깔의 투명한 액체를 잔에 따르며 그가 말했다.

음료는 폴라 비어보다 독했다. 아니, 그가 이제껏 마셔본 술 중 가장 독했다. 얼마나 독한지 울릭의 눈에 눈물이 다 고였다.

"아버지가 돌아가시기 전에 담근 술이에요."

마르셀의 말에 울릭은 한 잔을 더 마셨다. 고인의 흔적이 담긴 귀한 술이었기 때문이다.

창문이 작아서 집 안이 몹시 어두웠다. 가구들도 모두 낡은 듯했다. 하지만 아니었다. 자세히 보니 청소 상태가 엉망일 뿐이었다. 울릭은 마르셀처럼 생생한 눈매에 건강한 신체의 사내가 왜 혼자 사는지 궁금했다. 이누이트 나라에서는 좀처럼 볼 수 없지만 카블루나 나라에서는 흔한, 남자를 좋아하는 남자 같지도 않았다.

"난 여자들에게 인기가 없어요. 어떤 여자가 이런 촌에서 산다고 하겠어요?"

마르셀은 자기처럼 시골에 사는 카블루나 남자는 아내를 얻기 힘들다고 했다. 대부분의 여자가 도시 생활을 선호했기 때문이다. 카블루나 여성은 거의 다 깨끗한 직장에서 일하길 원했고, 인파로 붐비는 대로변을 거닐며, 호화로운 상점에서 쇼핑하기를 바랐다.

"그런데 난 도시로 가서는 살 수가 없어요."

마르셀이 고백했다.

울릭은 마르셀이 도시에서는 왜 살 수 없다고 말하는지 알 것 같았다. 숲은 영으로 충만했다. 생명의 원천이기도 했다. 자연과 함께하는 삶을, 오늘처럼 숲으로 산책을 나서는 새벽을 포기할 수 없었을 것이다.

"가끔은 혼자 견디기 힘든 저녁이 있어요. 그러면 인근 술집으로 가요."

마르셀은 외로울 때마다 그곳에 가서 친구들과 술을 마시며 수다를 떤다고 했다. 그런 식으로 잠시 외로움을 달랠 수는 있겠지만, 남자가 어떻게 아내도 없이 혼자 살 수 있는지 울릭은 의아했다.

"결혼은 포기한 겁니까?"

"모르죠. 혹시 이중에 아내가 되어줄 여자가 있는지도."

마르셀이 테이블 위에 있던 인쇄물을 건넸다. 안에는 온통 여자 사진이었다. 그것도 전부 카블루나가 아닌 외국 여자들 사진이었다. 사진 속 여자들은 이누이트와 닮았지만, 이누이트와는 거리가 먼 나라에서 신랑감을 찾아 온 사람들이었다. 텔레비전에 나와서 자기를 선택하는 남자와 결혼하겠다고 광고하던 여자들과 비슷했다. 어느새 창밖이 환해졌다. 울릭은 숙소로 돌아가 마리 알릭스를 깨워야겠다고 생각했다.

"당신 정말 멋졌어요."

마리 알릭스가 말했다.

"언제요?"

"지난 저녁이요. 석유회사 대표와 함께 있을 때."

"아, 석유회사 대표."

"'아, 석유회사 대표'라니, 카블루나 추장을 대수롭지 않게
생각하나 봐요."

그녀가 울릭의 말투를 흉내 냈다.

"석유회사 대표가 편해지기는 했어요. 그날 사냥이 망했으
니까."

"그게 무슨 말이죠?"

"내가 최고가 된 기분이었거든요. 사냥은 내가 더 잘하잖아요."

"남자들은 정말 어디나 다 똑같군요."

마리 알릭스가 시트로 몸을 만 채 욕실로 들어갔다. 울릭은 시장기를 느끼고 주방으로 갔다.

토마스는 시리얼을 앞에 두고 도식으로 가득한 잡지를 읽고 있었다. 혜성의 경로를 표시한 도표였다. 줄리엣은 여느 아침처럼 타일 바닥에서 올라오는 냉기를 피해 발을 포갠 채 냉장고 안을 들여다보고 있었다. 아무도 울릭이 들어온 사실을 알아채지 못한 눈치였다.

울릭은 스스로 아침을 찾아 먹는 아이들을 보고 마음이 짠했다. 이누이트에게 어머니란 아이들보다 일찍 일어나 아침밥을 챙겨주는 사람이었지만, 줄리엣은 자기보다 늦게 일어나는 엄마를 당연하게 생각했다.

"안녕."

울릭이 말했다.

토마스가 고개를 들고 미소를 지었다.

"안녕하세요, 울릭!"

인사를 하자마자 그는 다시 독서에 빠져들었다.

줄리엣은 흰 치즈 상자를 꺼내들고 주방을 나섰다. 어깨 너머로 힐끔 쳐다본 것 외에 다른 인사는 없었다.

"줄리엣, 나한테 아침 인사 안 해줄 거야?"

"풋, 인사는 무슨."

울릭은 복도를 지나 방으로 들어가려는 줄리엣을 막아섰다.

"무슨 짓이죠? 날 좀 가만히 내버려 둘 수 없어요?"

줄리엣이 펄쩍 뛰며 소리쳤다. 울릭은 독이 오를 대로 오른 소녀의 눈을 보고 한 걸음 뒤로 물러섰다.

"미안해."

그의 사과에도 줄리엣은 울릭이 들어오지 못하도록 코앞까지 문을 닫았다.

"줄리엣……."

"왜요?"

한숨을 내쉬며 그녀가 답했다.

"나도 알아. 네가 나를 얼마나 싫어하는지. 그래서 이유를 생각해봤어. 그런데 내 생각이 맞는지 모르겠어. 너도 알다시피 난 이 나라에 대해 아는 게 거의 없으니까."

눈 하나 깜짝 않는 줄리엣을 보고 울릭은 사냥의 규칙이 떠올랐다. 사냥에 성공하려면 도망갈 준비가 된 짐승에게 인기척을 들키지 말아야 했다.

"나는 모두가 행복하기를 바라. 나도 너도. 그런데 그게 잘 안 돼. 그래서 힘들어. 네가 나를 얼마나 싫어하는지 매번 확인해야 하니까. 그래서 생각해봤어. 네가 그러는 게 혹시 나한테 원하는 게 있어서인가 하고, 맞아?"

줄리엣이 못마땅한 표정으로 한숨을 내쉬었다.

"네, 그쪽 생각이 다 맞아요. 원하는 게 있어요."

"그게 뭐야?"

"나는 그쪽이 우리 엄마를 계속 이용하길 바라요."

줄리엣이 눈물을 글썽이며 대답했다.

"당신이 우리 엄마의 약점을 이용하고 있잖아요. 안 그래요?"

줄리엣의 입술이 일그러졌다. 곧 울음이 터질 징조였다. 울릭은 방 안으로 사라진 줄리엣을 남겨두고 돌아섰다.

엄마를 이용하라고? 내가 아무 감정도 없이 마리 알릭스를 이용한다고 생각하나? 기생충처럼 엄마한테 빌붙어 산다고? 울릭의 걸음이 복도 중간에서 멈추었다. 맙소사, 기생충이라니! 이누이트에게 기생충 같다는 말은 세상에서 제일 큰 모욕이었다.

울릭은 뒤돌아섰다. 줄리엣에게 자기는 기생충이 아니며, 비를 피할 곳이 없어서 이곳에 있는 게 아니라고 해명하고 싶었다. 사실이 그랬다. 그에게는 유네스코가 지정해준 멀쩡한 호텔 방이 있었다. 울릭은 줄리엣의 방 앞에서 멈칫했다. 그런 말로 줄리엣의 마음을 돌려놓을 수 있을지 확신이 서지 않았다. 뭔가 놓친 것 같았다. 그렇지 않다면 이렇게까지 화를 낼 이유가 없었다. 아무래도 꾸뻬 박사와 상담하는 편이 나을 듯했다.

울릭은 주방으로 들어갔다. 신문 위로 고개를 숙인 마리 알릭스가 보였다. 그녀는 토마스가 들려주는 은하수 팽창 이야기를 듣는 중이었다. 주전자에서는 물이 끓고 있었다. 평범한 풍경이었지만, 무언가 그를 건드렸다. 울릭은 당혹감을 느꼈다. 지난밤, 그는 향수에 젖어 잠을 깼다. 가슴이 뜨거웠다. 그렇다고 당장 짐을 싸들고 떠날 만큼 그리움이 큰 것은 아니었다. 그런데 그날 아침, 허리를 숙인 장신의 여자와, 그를 발견하고 미소 짓는 소년, 그리고 방에서 혼자 흐느끼고 있을 소녀에게 그는 강한 유대감을 느꼈다. 이상한 일이었다. 그는 그들과 연결되어 있었다. 한밤중에 그들이 내뱉는 숨소리와 무질서한 주방, 벽에 걸린 사진과 구겨진 시트, 집의 떠들썩한 소란과도 연결되어 있었다.

가정이라는 울타리 안에서, 가족과 함께 숨 쉬며, 하나라고 느끼는 것. 고아가 된 이후, 그가 오랫동안 잊고 지낸 감정이었다.

23

전화를 걸어 만날 수 있는지 묻자 친절하게도 꾸뻬 박사는 그날 저녁으로 약속을 잡았다. 마지막 예약 환자의 진료를 끝내고 난 직후였다.

울릭은 진료실로 들어갔다. 소형 조각상들이 은은한 조명 아래 빛났다. 꾸뻬 박사는 몹시 지쳐 보였다. 온종일 의자에 앉아만 있던 사람이 긴 사냥에서 돌아온 사람의 얼굴을 한 것을 보고 울릭은 충격을 받았다. 인생의 대부분을 어떻게 이렇게 꽉 막힌 공간에서 보낼 수 있는지 신기하기도 했다. 카블루나는 거의 다 꾸뻬 박사와 같은 인생을 살고 있었다. 아이들도 마찬가지였다. 외로움 외에도 닫힌 공간과 친해지라는 형벌을 받은 사람들 같았다.

꾸뻬 박사는 작은 소리로 '음…… 음……' 하며 울릭의 이야기에 귀를 기울였다.

"줄리엣을 쫓아가서 하려던 말이 뭡니까?"

"저와 마리 알릭스의 관계가 일방적인 게 아니라고 말하고 싶었습니다."

꾸뻬 박사가 의자에서 일어났다. 생각을 정리하려는 듯 그가 잠시 수염을 매만졌다. 잠시 후, 그가 확신에 찬 어조로 말을 이었다.

"부모가 제삼자와 사랑에 빠졌을 때 대부분의 아이가 불안해합니다. 아이들에게는 엄청난 혼란이죠. 아무래도 버림받을지 모른다는 생각이 드니까요. 그래서 아이들은 부모에게 사랑하는 사람이 생긴 사실을 위협으로 받아들입니다. 줄리엣처럼 이미 청소년기에 접어든 아이들도 마찬가지입니다. 특히 줄리엣은 어머니에 대한 애착이 깊습니다. 그런 아이에게 당신은 소중한 것을 앗아가는 위협적인 존재일 수밖에 없습니다. 줄리엣은 부모의 이혼 후 아버지로부터 버려졌다는 정신적 충격을 받은 아이입니다. 그만큼 당신에 대한 반감이 클 수밖에 없습니다. 아버지도 다른 누군가와 사랑에 빠져서 집을 나갔으니까요."

울릭은 꾸뻬 박사의 논리가 생각보다 단순하다는 사실에

주목했다. 이렇게 단순한 사실을 왜 몰랐는지 스스로에게 화도 났다. 하지만 곧 인생이 그렇게 복잡하지만은 않다는 단순한 진리를 기억해냈다. 사실이 그랬다. 훌륭한 사냥꾼은 늘 아무도 흉내 내지 못할 만큼 단순하게 생각하고, 단순하게 행동했다.

"하지만 이것도 전부 추측일 뿐입니다. 당신과 달리 나는 줄리엣을 한 번밖에 보지 못했어요. 그것도 토마스와 함께요."

꾸뻬 박사가 말했다.

"그런데 줄리엣은 왜 나를 모리배로 생각하는 걸까요?"

"일종의 방어입니다."

"방어라고요?"

울릭은 방어라는 말뜻을 알고 있었다. 카블루나 언어로 방어를 뜻하는 데팡스défense는 바다코끼리의 어금니라는 뜻도 있었다.

"설명이 필요하겠군요. 여기서는 방어의 의미가 맞습니다. 자기방어요. 받아들이기 힘든 생각이나 감정과 맞서야 할 때 인간의 정신은 보통 자신의 마음을 숨기려 듭니다. 혹은 고통스러운 상황을 받아들이기 쉬운 방향으로 변화시키려 듭니다. 어머니로부터 버림받을지도 모른다는 두려움은 줄리엣에게 받아들이기 힘든 감정입니다. 십대 후반이지만 아직 두려움을 이겨낼 만큼 충분히 성장하지 않았으니까요."

울릭은 꾸뻬 박사의 말에 동의했다. 외양은 어엿한 숙녀였지만, 그가 보기에도 줄리엣은 아직 어렸다.

"그래서 줄리엣은 받아들이기 힘든 두려움이라는 감정을 보다 편한 감정으로 전환한 겁니다. 당신에 대한 증오로요. 그런데 그러려면 정당한 구실이 필요합니다. 당신을 미워해도 좋을 적당한 이유 말입니다. 그게 줄리엣에게는 당신을 모리배로 몰아세우는 거였습니다."

울릭은 자기방어라는 단어의 의미가 마음에 들었다. 설명을 듣고 다시 생각해보니 줄리엣의 행동이 상당 부분 이해되었다.

진료실 전화벨이 울렸다.

"잠깐만요."

꾸뻬 박사가 수화기를 집어 들었다. 수화기 너머의 목소리를 확인하고 그의 얼굴이 환해졌다.

"이미 동의한 거 아니었어?"

꾸뻬 박사의 얼굴이 순식간에 어두워졌다.

수화기 너머로 누군가의 목소리가 들려왔다. 여자였다. 꾸뻬 박사는 한동안 말없이 상대방의 말을 들었다. 잠시 후, 그가 어렵게 말을 꺼냈다.

"저녁에 만나⋯⋯."

여자의 대답은 짧았고, 꾸뻬 박사는 충격을 받은 듯했다.

"알았어, 이해해."

수화기 너머로 상대방의 말이 또다시 길게 이어졌다. 중진
보다 한결 부드러워진 음성이었지만, 꾸뻬 박사가 중간에 말
을 끊었다.

"난 이제 이런 얘기는 그만하고 싶어. 무슨 말인지는 충분
히 알았어. 그러니까 제발 그만해."

꾸뻬 박사의 말에 상대방 여성도 몇 마디 대꾸를 하다 말고
입을 다물었다.

"이런 말을 전화로 듣게 되어 유감이야. 물론 전에는 내가
들을 준비가 안 되었겠지."

여자는 대답하지 않았다.

"안녕. 잘 지내."

꾸뻬 박사는 수화기를 내려놓고 울릭에게로 고개를 돌렸
다. 그의 두 눈은 텅 비어 있었고, 무척 고통스러워 보였다.
몸은 진료실에 있지만 영혼은 아직 전화기 속 여인과 함께인
듯했다.

"음⋯⋯ 미안합니다. 줄리엣의 문제로 되돌아가볼까요?
아니면 토마스, 그래요, 토마스가 좋겠군요."

꾸뻬 박사는 중단되었던 대화를 잇기 위해 노력했다. 그러나 그의 마음은 다시 현재로 돌아오지 않았다.

울릭은 꾸뻬 박사의 도움을 받으러 이곳에 왔다. 그런데 상황이 뒤바뀌어 지금은 박사가 그의 도움을 필요로 하고 있었다. 울릭이 꾸뻬 박사의 눈치를 살피며 물었다.

"하루 종일 이곳에 갇혀 지내셨죠? 괜찮다면 같이 한잔하고 싶은데, 어떠세요?"

24

꾸뻬 박사는 울릭의 제안대로 폴라 비어를 주문했다. 폴라 비어는 처음이었다.

울릭은 호텔 바를 다시 찾게 되어 기뻤다. 카블루나 사회에 잘 적응한 모습을 보여줄 기회였다. 꾸뻬 박사처럼 멋진 친구를 데려온 것도 자랑스러웠다. 지난날 울적한 기분으로 혼자 앉아 있었던 자리로 꾸뻬 박사를 안내했다. 이만하면 엄청난 발전이었다. 하지만 그는 가능한 들뜬 기분을 드러내지 않으려 노력했다. 꾸뻬 박사가 여전히 힘들어 보였기 때문이다.

꾸뻬 박사는 우울한 표정으로 칵테일을 한 모금 마셨다. 종업원들이 바텐 뒤에서 두 사람을 곁눈질하며 속닥였고, 옆 테이블에는 지난밤과 다른 일본인 셋이 술을 마시며 킬킬거렸다. 모두 이미 적지 않은 양의 술을 마신 듯 상당히 취한 얼굴이었다. 그 외에 바는 매우 조용했다. 울릭은 실내를 둘러보며 바가 이글루와 비슷한 크기임을 알았다. 조명도 이글루 안처럼 어두웠다. 바에서 마음이 편해지는 이유를 알 것 같았다.

울릭은 고개를 흔들었다. 그가 생각했다. 지금은 향수에 젖을 때가 아니야. 꾸뻬 박사를 도울 때야. 고민을 털어놓으라고 해볼까? 그랬다가 동정받는다고 생각하면 어쩌지? 이누이트 언어에는 '나클리크'라는 단어가 있었다. 나클리크는 동정 혹은 위로를 뜻하는 말로, 이누이트 중 수치심을 느끼지 않고 타인으로부터 나클리크를 받을 수 있는 사람은 여자와 어린이뿐이었다. 진정한 남자는 나클리크를 필요로 하지 말아야 했다. 그러나 자식을 저세상으로 먼저 떠나보냈거나 썰매를 잃어버리는 등 모두가 이해할 만한 불행이 닥친 경우는 예외였다. 울릭은 꾸뻬 박사가 나클리크에 흥미를 가질지도 모른다는 생각이 들었다. 화제를 잠시 다른 곳으로 돌리는 것도 기분 전환에 도움이 될 듯했다.

"혹시 나클리크가 뭔지 아십니까?"

"아니요. 이누이트 풍습인가요?"

울릭이 나클리크의 의미를 말하자, 꾸뻬 박사는 큰 관심을 보였다. 환하게 미소를 지으며 그가 말했다.

"재밌네요. 그러니까 내가 진료실에서 사람들에게 해준 게 나클리크로군요."

"박사님께 상담을 하러 오는 사람들 말인가요?"

"네."

"박사님은 그 사람들에 대해 잘 모르시잖아요. 그런데 어떻게 위로할 수 있죠?"

"당연히 처음에는 모르죠. 하지만 시간이 지나면서 알아갑니다."

꾸뻬 박사는 무력감을 느끼는 사람들을 위로하기 위해 카블루나가 자기 같은 전문의를 만들었다고 설명했다. 울릭은 카블루나에 대해 배울 점이 아직도 너무 많다고 생각했다.

"박사님을 찾아오는 사람들은 자기를 이해해줄 사람이 없나요? 위로해줄 친구나 가족 같은?"

"꼭 그렇지는 않아요. 드물지만 가족이나 친구에게 위로받는 이들도 있으니까. 하지만 위로가 필요할 때마다 가족과 친구를 찾지는 않습니다. 도시 생활은 늘 바쁘거든요. 위로가 필요하다고 바쁜 친구를 잡아둘 수는 없지요. 그러다가 자칫하면 친구를 잃을 수도 있으니까. 게다가 모든 사람이 위로해줄 친구가 있는 건 아닙니다. 이 도시에는 외지에서 온 사람이 많습니다. 전부 생면부지의 상태로 이곳에 정착한 사람들이죠. 이들 대부분은 관계에 매우 소극적입니다. 그래서 밤이 견딜 수 없는 적이 되지요. 매일 밤, 혼자 잠을 청하다 보면 외로움이 슬픔이 되고 걷잡을 수 없이 커진 슬픔은 상황을 악화합니다. 이 도시에는 이렇게 혼자 사는 수백만의 사람이 있습니다."

꾸뻬 박사는 말을 마치고 잔에 남은 폴라 비어를 털어 넣었다.

울릭은 마리 알릭스와 플로랑스, 남자를 찾아서 텔레비전에 나온 젊은 여자들을 생각했다. 마르셀처럼 아내를 구하지 못하고 먼 나라에서 신붓감을 데려오는 남자들도 생각했다.

"카블루나 사회가 왜 이렇게 된 겁니까?"

울릭이 물었다.

꾸뻬 박사가 미소를 지었다.

"글쎄요. 아마 여러 이유가 있을 겁니다. 카블루나는 지난 백 년간 큰 변화를 겪었습니다. 백 년 전만 해도 거의 모두가 농촌에서 살았거든요. 남녀관계도 이누이트와 크게 다르지 않았어요. 그때는 혼자 사는 사람이 이렇게 많지 않았죠."

"그때가 지금보다 행복했나요?"

"음, 한마디로 대답하기 어려운 질문이군요. 그래도 한 가지는 확실히 말할 수 있습니다. 현대인들은 조상과 같은 삶을 원하지 않습니다. 특히 여성들이요. 옛날과 달리 현대여성들은 남편과 자식, 집안일보다 가치 있는 일이 많다고 배우며 성장했거든요."

종업원이 나가와 필요한 것이 있는지 물었다.

"시 브리즈가 좋겠군요. 울릭, 당신도 좋아할 겁니다. 시 브리즈로 두 잔 부탁합니다."

그가 옳았다. 음료는 달콤하고 신선했다. 해가 뜨는 순간의 빙산처럼 화려하고 청량했다.

"카블루나 여자들이 인생에서 가장 중요하게 생각하는 건 대체 뭡니까?"

울릭의 질문에 꾸뻬 박사가 웃음을 터뜨렸다.

"모두가 궁금해하는 겁니다. 아까 보지 않았습니까? 그 질문에는 나도 답할 수 없다는 걸."

꾸뻬 박사는 말을 마치고, 시 브리즈를 빠른 속도로 반이나 비웠다.

"이누이트 여자들은 남자들이 자기를 보호해주기를 바랍니다. 먹고 살기 충분할 만큼 남자가 사냥을 해다 주기를 바라죠. 물론 만족스러운 잠자리도 원합니다."

"이누이트는 어떤 여자를 좋은 신붓감이라고 생각하지요?"

"용기 있고, 바느질을 잘하고, 청소를 잘하고, 무난한 성격의 좋은 엄마가 될 수 있는, 뭐 그런 여자요."

꾸뻬 박사는 생각에 잠긴 듯 술잔을 기울이며 말이 없었다. 잠시 후, 그가 다시 입을 열었다.

"남녀관계가 거래를 기본으로 한다면, 이누이트는 그 거래의 규칙을 이미 찾았나 봅니다. 우리는 그걸 잃어버려서 지금 새로운 규칙을 찾아서 헤매는 거고요."

25

아이들이 학교에 가고 없는지 집 안이 조용했다. 그런데 거실에서 낯선 남자의 목소리가 들렸다. 울릭은 순간적으로 화가 치밀었다. 그가 마리 알릭스의 집을 자기 집으로 여긴다는 사실이 다시 한번 확인되는 대목이었다.

"어떻게 그런 말을 할 수 있지? 상관하지 마. 내 인생이야."

마리 알릭스가 말했다.

"아이들과 관련된 일이야. 다른 누구도 아닌 내 애들!"

남자가 소리쳤다.

"울릭은 애들한테 잘해. 토마스도 잘 보살펴줘."

회색 정장 차림의 남자가 신경질적으로 거실 안을 서성였다. 마리 알릭스는 실내복을 입고 소파에 앉아 있었다. 문간에 선 울릭을 발견하고 두 사람이 입을 다물었다.

"도대체 어떻게……."

남자는 말을 잇지 못했다.

그는 마리 알릭스보다 나이가 많아 보였다. 석유회사 대표
와 같은 또래로 보였지만, 그에게는 흰머리가 없었다. 카블루
나 노인들과 플로랑스가 애용하는 과학의 결과였다.

그는 몹시 놀란 표정이었다.

"뭐야, 너무 어리잖아. 어떻게 저런 애송이를!"

그가 말했다.

"샤를르, 함부로 말하지 마."

"하느님 맙소사, 그는 애송이라고……."

"울릭, 운이 나빴다고 생각해요. 이런 취급을 받게 해서 미
안해요."

마리 알릭스가 의자에서 벌떡 일어났다.

"안녕하세요?"

울릭이 먼저 인사를 건넸다. 그는 인사도 생략할 만큼 이성
을 잃은 듯했다. 아니면 이 만남이 모두에게 어떤 영향을 끼
칠지 모르는지도 몰랐다.

"아…… 안녕하시오, 울릭."

울릭이 악수를 청하자 마지못해 그가 입을 뗐다. 울릭은 기

선제압을 하기 위해 상대방을 잡은 손에 힘을 주었다. 그러나 방문객은 몸싸움할 의향이 없어 보였다. 오히려 낯선 이누크 사냥꾼을 한때 자기가 생활하던 거실에서 마주친 일에 당황한 얼굴이었다. 이런 일이 일어나리라고는 꿈에도 생각 못 하 것 같았다.

마리 알릭스가 일어났다.

"옷을 갈아입고 올 테니까 둘이서 얘기들 나누세요. 울릭, 곧 같이 나가야 해요. 잊은 거 아니지요? 중요한 모임이 있어요."

마리 알릭스가 거실을 나갔다. 두 남자는 마주 선 채 상대방의 표정을 살폈다. 울릭은 무슨 말로 대화를 시작해야 할지 난감했다. 샤를르는 이 상황이 여전히 납득되지 않는지 울릭을 노려만 봤다.

"토마스가 참 착해요."

울릭이 먼저 입을 열었다.

"맞아요. 착한 아이죠. 모두 그 아이를 걱정하고 있고요."

"저도 압니다. 꾸뻬 박사를 만났거든요."

"아, 그렇습니까? 그는 유능한 의사입니다."

"네, 호감이 가는 사람이더군요."

두 사람 사이에 다시 침묵이 감돌았다. 울릭은 이런 경우

142

이누크가 어떻게 행동하는지 기억을 더듬었다. 이누크는 타부족 남자를 만났을 때 상대방의 마음을 알기 위해 의견이 일치할 때까지 온갖 주제로 대화를 이어갔다. 시간, 사냥의 결과, 개의 가치 등 두 사람 사이에서 공통점을 찾을 수 있는 화제라면 무엇이든 상관없었다. 다행히 이번 경우에는 이야기를 나눌 공동의 주제가 많았다.

"이곳에 얼마나 더 계실 겁니까?"

샤를르가 물었다.

"모르겠습니다."

울릭이 대답했다.

빨리 떠날 수 있기를 바란다고 대답할까 생각도 했지만, 이 부분에 관해서는 마리 알릭스와 먼저 상의하는 편이 나았다. 마리 알릭스가 거실로 돌아왔다. 그녀는 남편의 정장과 색이 거의 같은 투피스 차림이었다.

"서로 치고받고 싸우지 않는 걸 보니 마음이 한결 낫네요."

"그런 건 바보들이나 하는 짓이야."

샤를르가 한마디 툭 던지고 거실을 나갔다. 그는 담담해 보였지만, 문밖을 나서기도 전에 휘청거리며 흔들리는 모습을 보였다.

26

상황이 복잡해졌다. 울릭은 꾸뻬 박사와 상담을 해봐야겠다고 생각했다. 그가 전화를 걸었다. 박사는 병원에 없는지 자동응답기가 전화를 받았다. 울릭은 꾸뻬 박사의 핸드폰으로 다시 전화를 걸었다.

"아, 울릭. 물론입니다. 여기로 오세요."

꾸뻬 박사는 에두아르라는 친구와 저녁 식사를 하고 있었다. 한적한 길가에 위치한 식당은 단골로 보이는 손님들로 붐볐다.

"북극에서 온 친구를 위해, 그의 건강과 우리의 우정을 위해."

에두아르가 잔을 들고 소리쳤다.

울릭은 꾸뻬 박사와 단둘이 이야기를 나누고 싶었다. 하지만 곧 장밋빛 볼을 가진 에두아르에게 호감을 느꼈다. 그는 꾸뻬 박사와 달리 직업이 은행원이었다. 부자들에게 돈을 빌려주는 것이 그가 은행에서 하는 일이었다.

꾸뻬 박사와 에두아르는 오랜 친구였다. 하지만 각자 너무 바빠서 자주 못 본다고 했다. 이누이트 나라와 대조적이었다. 그의 나라에서 남자의 직업은 사냥꾼 하나였다. 그래서 동료와 자주 만났고, 일상도 긴밀히 연결되어 있어서 직장 동료가 곧 친구이자 가족이었다.

"그렇다면 나도 이누이트가 될래."

에두아르가 말했다.

"한 여자만 사랑하면서?"

꾸뻬 박사가 물었다.

"아마도."

말끝을 흐리는 그를 보고 꾸뻬 박사는 빙그레 미소를 지었다.

"우리나라 남자들을 이해하려면 이 친구를 공부하면 됩니다. 더없이 훌륭한 표본이거든요. 게다가 혼기를 놓쳐서 혼자 살아요."

꾸뻬 박사가 울릭에게 말했다.

"내가 결혼했었다는 사실을 벌써 잊은 거야? 난 아들도 있어."

에두아르가 말했다.

"맞아, 그렇지. 하지만 재혼하진 않았잖아."

"너도 다를 거 없어…… 아차, 미안."

꾸뻬 박사의 얼굴에 슬픔이 파도처럼 일었다. 지난번 통화한 여자가 아직도 돌아오지 않은 모양이었다.

울릭은 결혼할 여자가 없어서 농촌에서 혼자 사는 가엾은 마르셀이 생각났다. 그와 달리 꾸뻬 박사와 에두아르는 대도시에서 살았다. 직업도 좋았다. 그런데도 아직까지 독신이었다.

"나는 한 번으로 족해."

에두아르가 말했다.

"이혼 후 정상적인 생활로 돌아오기까지 정확히 이 년이 걸렸어. 잠시였지만 아들을 두 번 다시 못 볼 수 있다는 생각에 굉장히 힘들었고."

울릭은 에두아르에게 이혼한 이유를 물었다.

"나도 그 이유를 모르겠어요. 나는 정말 좋은 남편이었거든요."

에두아르가 대답했다.

"에두아르, 너는 친구로는 나무랄 데가 없어. 하지만 좋은 남편이었는지는 다시 생각해볼 필요가 있어."

"그래, 내가 일을 많이 한 건 사실이야. 하지만 성공하지 못했다면 아내가 좋아했을까? 우리가 안락한 삶을 유지할 수 있었던 건 전부 내가 번 돈 덕분이었어. 무엇보다 나는 좋은 아버지였어."

"네가 이혼당한 게 아마 일 때문만은 아닐 거야."

"좋아, 그렇다고 쳐. 하지만 일 외의 문제로는 불평한 적이 없어. 했더라도 중요한 얘기일 리 없고."

"맞아, 하지만 여자들에게는 그 중요하지도 않은 일들이 가슴에 남아."

꾸뻬 박사가 지적했다.

"그래도 집을 비운 시간이 많은 걸 갖고 그렇게 나를 몰아세우지는 말았어야 해. 우리가 편안하게 살 수 있었던 것도 다 내 일 덕분이었으니까. 그게 싫으면 나와 결혼하지 말았어야지."

종업원이 꾸뻬 박사가 울릭을 위해 주문한 음식을 들고 왔다. 먹기 좋게 썬 채소와 황새치였다. 먹기 아까울 만큼 접시에 담긴 모양이 예쁘고, 잘 익은 생선 맛이 일품인 요리였다.

"어쨌든 에두아르, 넌 훌륭한 표본이야."

"나도 알지, 내가 얼마나 훌륭한 표본인지는. 어쨌든 그렇게 말해줘서 고마워, 친구."

"내가 말하는 건 너의 아내를 포함해서야."

"아이고, 이제 좀 그만하자. 아내 얘기는 더 하고 싶지 않아. 부디 자비를 베풀어줘!"

"사실이 그런걸. 그게 다 욕구불만 때문이라니까."

"욕구불만이라고?"

"그래. 그걸 극복하지 못하면 결혼생활이 오래 지속될 수 없어. 결혼한 남자는 아내에게 충실한 남편으로 살며 욕구불만을 느끼지. 알다시피 도시는 유혹이 많잖아."

꾸뻬 박사가 시선을 돌리며 말했다.

"그러면 여자들은요?"

울릭이 물었다.

"여자들은 어디까지 수용할 것인가가 관건이에요. 예를 들면 이런 거죠. 바쁘기만 한 남편의 부재를 받아들이는 것. 이것도 욕구불만의 하나예요. 반대로 남자들은 어리고 사랑스러운 아내가 집에서 슈퍼맨이 돌아오기를 기다려주길 바라요. 그런데 현실이 어디 그런가요? 요즘은 여자도 남자와 똑같이 일해요. 직장에서 안 좋은 일이 있으면 그걸 그대로 집으로 끌고 들어와요. 귀가 시간도 늦죠. 이런 상태가 지속되면 욕구불만이 커질 수밖에 없어요. 그러면 처음처럼 상대방을 사랑하기가 힘들어지죠. 그래서 중재의 기술이 필요한 거예요. 가사일도 적극적인 자세로 분담하고, 각자 한 걸음씩 양보해야 원활한 결혼생활을 유지할 수 있어요."

"이누이트 나라에서는 남녀의 역할이 달라요. 각자 자기가 할 일이 뭔지 잘 알고요."

"맞아요. 그런데 우리나라는 아니에요. 더욱이 우린 욕구불만을 극복하는 방법도 잊어버렸어요. 지난 세대와 비교하면 엄청난 응석받이가 된 셈이죠."

"맞아, 우리 어머니도 그렇게 말씀하셨어."

에두아르가 동의했다.

"사실 욕구불만은 결혼생활을 유지하는 동안 안 생길 수가 없어요. 불행히도 우리는 그것을 극복할 방법을 배우지 못하며 자랐고요."

꾸뻬 박사가 물 만난 물고기처럼 해박한 지식을 풀어놓았다.

"예를 들면 어떤 거?"

에두아르가 물었다.

"아주 많아. 열정적 사랑에 중대한 가치를 부여하는 것도 그중 하나고."

"성애의 탐닉, 중독 같은 걸 말하는 거야?"

"뭐, 그렇게 말할 수도 있겠지. 하지만 분명한 건 부부의 사랑이 그런 식으로 늘 지속되지는 않는다는 사실이야."

"맞아, 슬픈 일이지."

울릭에게 와인을 따라주며 에두아르가 말했다.

"문제는 우리가 외로움에 익숙해져 있다는 거야. 청년기에 부모를 떠나 혼자 살면서 외로움과 자유에 길들여지는 거지. 혼자서 하고 싶은 대로 하고 살다가 둘이 되니까 문제가 생기는 거고. 타협할 상황을 아예 못 견디니까."

"맞아, 간섭하는 사람 없이 보고 싶은 친구와 저녁을 먹으러 갈 때의 기쁨은 무엇과도 바꿀 수 없지. 아내의 잔소리가 없는 아침은 또 어떻고……!"

에두아르가 말했다.

"그래, 바로 그거야. 그런데 여자들도 똑같아. 대다수의 아내들이 남편과 똑같은 불평을 하니까. 이런 식의 욕구불만은 자식과의 관계에서도 생성되거든."

"정말?"

"응. 아기가 태어나면 매일 아기를 돌봐야 하잖아. 쉽지 않은 일이지. 그런데 더 힘든 건 욕구불만이 죄책감을 동반한다는 사실이야. 아, 여기서 말하는 죄책감은 크게 두 가지로 분류돼. 아이에 대한 죄책감과 자기 자신에 대한 죄책감. 어쨌거나 죄책감은 욕구불만을 더욱 견디기 힘든 것으로 만들지."

울릭은 그제야 이해가 갔다. 카블루나 사회는 개인의 자유에 보다 큰 가치를 두고 있었다. 그런데 결혼해 자식이 생기면 남녀 모두 구속이라는 견디기 힘든 시험에 빠진다. 그래서 결혼하지 않거나, 결혼하더라도 금세 이혼하고, 자녀도 두지 않는 것이다. 이런 상황이 오래 지속되면 머잖아 이누이트보다 개체 수가 적어질지도 몰랐다.

"그래도 결혼생활을 유지하는 이들도 있잖아요?"

울릭이 물었다.

"아, 물론 그렇죠. 나는 그들을 부부 치료에서 만나고요."

"하하, 소방차와 똑같아요. 소방차를 부를 때는 이미 늦은 거죠. 집이 다 탔는데 소방차가 온들 뭘 하겠어요? 안 그래요?"

에두아르가 울릭을 위해 부연설명을 해주었다.

꾸뻬 박사와 에두아르는 그럼에도 불구하고 자녀와 함께 주말을 보내며 행복한 결혼생활을 유지하는 부부도 있다고 강조했다. 행복을 꿈꾸며 부부가 될 날을 준비하는 청춘남녀가 아직 존재한다는 사실도 상기시켰다.

"그들은 우리 사회의 새로운 영웅들이에요."

꾸뻬 박사가 말했다.

그때, 종업원이 얼음처럼 생긴 말랑말랑한 디저트를 가지고 왔다.

"판나코타(크림, 우유, 설탕을 젤라틴과 함께 섞은 것으로 시원하게 먹는 이탈리아 후식)예요."

새로운 음식을 맛보며 울릭은 에두아르와 농담을 하는 꾸뻬 박사를 천천히 관찰했다. 언젠가 그리워하게 될 풍경 중 하나였다.

27

"무슨 생각을 해요?"

마리 알릭스가 물었다.

"이누이트 나라를 생각했어요."

마리 알릭스가 울릭을 향해 몸을 돌렸다. 슬퍼 보이는 얼굴
이 보호 본능을 일으킨 듯했다. 사랑하는 사람을 지키고 싶어
하는 마음에는 남녀의 구분이 없었다.

"이누이트 나라의 무엇에 대해 생각했죠?"

마리 알릭스의 분홍빛 입술 사이로 흰 치아가 반짝였다.

"나는 마음이 아파요."

"왜요?"

마리 알릭스가 눈썹을 살짝 찡그렸다.

"여기가 좋거든요."

울릭이 손을 들어 마리 알릭스와 방, 그리고 복도 맞은편 방에서 아직 자고 있을 아이들을 가리켰다.

"이누이트 나라로 돌아가고 싶고요?"

"네, 내 나라니까요. 바람과……."

울릭은 입을 다물었다. 빙산에 부딪히며 노래하는 봄바람과 해변에서 꾸벅꾸벅 조는 바다코끼리 떼를 발견하는 아침을 표현할 자신이 없었기 때문이다. 나바라나바에 관해서도 마찬가지였다.

"울릭, 르포르타주 마지막에 나온 여자 말이에요. 참 예쁘던데, 아는 여자예요?"

"네, 알아요. 이누이트 나라에서는 서로 모르는 사람이 없어요."

"그 여자는 결혼했어요?"

"아니요."

"어떻게 알아요? 당신이 떠난 뒤에 결혼했을지도 모르잖아요."

"아니에요. 절대 그럴 리 없어요."

울릭은 몸이 굳으며 심장이 빠르게 뛰는 것을 느꼈다.

마리 알릭스가 팔꿈치를 괴고 그를 지긋이 바라보았다.

"인생이란 참 복잡해요."

마리 알릭스의 입술이 울릭의 입술 위로 포개졌다.

28

　의자에 앉은 토마스의 다리가 바닥에 닿지 않았다. 마리 알릭스는 샤를르가 떠난 후 토마스가 서재에서 나오지 않았으며, 아버지가 사용하던 가구들을 치우지 못하게 고집을 부렸다고 했다. 울릭이 토마스 앞에 앉았다. 일 미터도 되지 않는 거리였다.

　"좋아, 토마스, 이제 연습을 시작하자."

　울릭이 말했다.

　"그리스인들은 지구가 평평한지 둥근지 알고 싶었어요. 어떤 사람들은 지구가 둥글다고 생각했는데 그중에는 에라토스테네스라는 사람도 있었어요. 그는 지구 둘레를 재고 싶었어요. 그러던 어느 날, 정오의 태양이 수직으로 우물 속에 빠졌어요. 지금이에요?"

"브라보. 그런데 하나를 놓쳤어."

"언제요?"

"에라토스테네스 전에."

"나는 에라토스테네스가 재미있어요!"

토마스가 눈물을 글썽였다.

"그래, 토마스. 그런데 이건 그냥 연습이잖아."

훈련을 시작한 지 육 일이 지났다. 꾸뻬 박사의 조언대로 울릭은 토마스와 함께 주의력 향상을 위한 훈련을 시작했다. 방법은 간단했다. 누구든 화자가 된 사람이 청자가 지루해하는 순간을 알아맞히는 놀이였다. 꾸준한 연습을 통해 주의력이 향상되면 보다 원활한 의사소통이 가능해질 것이었다. 토마스가 또래 친구들과 어울릴 수 있도록 유도하는 치료의 첫 단계인 셈이었다. 꾸뻬 박사는 이 훈련법을 오래전부터 토마스에게 적용하려 애썼다. 그런데 아직 제대로 된 시도조차 못했다. 학교 선생님도, 담당 심리학자도 토마스의 관심을 끌지 못했다. 하지만 울릭이 온 뒤로 사정이 달라졌다. 토마스가 기꺼이 표정을 살피고 싶어 하는 유일한 사람이 된 것이다.

"나도 에라토스테네스가 재미있어. 그러니까 다시 해볼까?"

울릭이 아이를 달랬다.

"네, 알았어요."

토마스가 코를 훌쩍이며 울릭을 향해 고개를 들었다. 그리고 다시 이야기를 시작했다.

"그는 춘분에 알렉산드리아의 두 장소에서 그노몬으로 그림자 길이를 쟀어요. 두 장소 모두 시에네의 북회귀선과 같은 경도에 있었…… 지금이요?"

"맞아."

"울릭이 지루해하는 게 보였어요."

"시선 변화만 살짝 있었는데, 어떻게 알았어? 잘했어, 토마스."

"계속해도 돼요?"

"물론이야."

"에라토스테네스는 태양이 두 장소에 동일하게 비춘다는 사실을 알았어요. 만약 두 장소에 비추는 태양의 각도가 다르면, 지구가 둥글다는 것이 증명되는……."

문 근처에서 인기척이 느껴졌다. 그래도 울릭은 토마스에게서 시선을 떼지 않았다. 줄리엣인지 알았기 때문이다. 그는 언제든 곰의 습격을 받을 수 있는 나라에서 왔고, 그 나라 사람들은 일반인보다 시야가 넓었다.

"지금이요!"

토마스가 소리쳤다.

이번에는 표정 변화가 전혀 없었다. 그런데도 토마스는 울릭의 주의가 산만해진 순간을 정확하게 알아맞혔다. 훌륭한 발선이었다.

"브라보, 토마스!"

줄리엣이 지켜보고 있었지만 울릭은 모른 척했다.

"이제 울릭 차례예요. 얘기를 하다가 내가 지루해하면 멈추는 거예요."

"알았어. 음…… 옛날 옛적에 한 자부심 강한 이누크 남자가 고향을 떠나 먼 곳으로 여행을 왔어."

"새로운 얘기예요?"

"응, 내가 방금 지어냈어."

"알았어요. 계속하세요."

"옛날 옛적에 한 자부심 강한 이누크 남자가 고향을 떠나 먼 곳으로 여행을 왔어. 그는 속이 빈 커다란 새를 타고 하늘을 날아 카블루나가 사는 나라에 도착했지. 그는 매일 아침 카블루나의 한 가정에서 아침을 먹었어. 시간이 지날수록 그 집은 그의 또 다른 고향이 되었어……."

울릭의 등 뒤에서 마룻바닥이 삐걱거렸다.

"아침 식사로 그는 구운 식빵과 생바게트를 먹었어. 바게트도 얇게 자르면 구울 수 있는데 그걸 몰랐던 거지. 지금이야?"

"네, 이 빵 이야기는 정말 지루해요! 나는 이누이트 나라 이야기가 더 좋아요."

"어떤 이야기?"

"바다코끼리가 나오는 이야기요."

"알았어. 그럼 다시 하자. 카블루나 사람들은 이누이트가 카약을 타고 바다코끼리를 잡는다고 생각했어. 무게가 일 톤이나 되는 바다코끼리가 바다에 풍덩 하고 빠질 때 파문이 얼마나 큰지 한 번도 보지 못했기 때문이야."

"일 톤이면 커다란 말 무게예요. 불로네산 말이나 페르슈산 말이요. 가장 큰 말은 어깨높이가 일 미터 팔십 센티미터까지 돼요."

"토마스?"

"아, 맞다. 울릭이 얘기하던 차례였죠."

다른 사람의 말을 끊지 않는 것도 그가 익혀야 할 점이었다.

그때까지도 줄리엣은 꼼짝 않고 서서 두 사람의 모습을 지켜봤다. 그녀와 화해할 날이 멀지 않아 보였다. 울릭은 속으로 환호성을 질렀다.

29

울릭은 마리 알릭스가 운전하는 차를 타고 도시의 동쪽에서 열리는 모임에 가고 있었다. 광장은 사방에서 몰려드는 차량으로 몹시 붐볐다. 그런데도 마리 알릭스는 카약을 타고 빙산 사이를 누비는 사냥꾼처럼 능숙하게 차를 몰았다.

한산한 도로에 이르러 그가 그녀에게 물었다.

"마리 알릭스, 이해되지 않는 게 있어요."

"뭐가요?"

울릭은 자신의 질문이 그녀에게 실례가 될까봐 조심스러웠다. 그래서 가능한 돌려 말하고 싶었지만, 그의 부족한 카블루나 언어 실력으로는 역부족이었다. 결국 그는 있는 그대로 솔직하게 묻기로 했다.

"왜 재혼을 안 했어요?"

"음, 좋은 질문이네요."

마리 알릭스가 웃으며 재혼하지 않은 이유를 설명했다.

"내 또래의 남자들은 나한테 관심이 없어요. 쉰 살이 다 되어가는 남자들은 대부분 결혼을 했고요. 이혼을 해서 자유의 몸이 된 남자도 있지만, 거의 다 젊은 여자를 원해요. 물론 나보다 나이가 훨씬 많은 남자들 중에서 재혼 상대를 찾아볼 수도 있어요. 그런데 이번에는 내가 그들에게 매력을 느끼지 못해요. 나는 늙은 꼰대를 내 재혼 상대로 고려하고 싶지 않아요."

"그래도 주변에 괜찮은 남자가 있었을 거 아녜요?"

"사회적으로 높은 지위에 있는 남자들은 대부분 나이가 많아요. 나이만 많고 직업이 변변찮은 남자들과는 차원이 다르죠. 성공과는 거리가 먼 오십대 남자가 젊은 여자 꽁무니를 쫓아다니면 불쾌한 늙은이가 되지만, 성공한 남자가 어린 여자를 만나면 새로운 사랑의 신화가 되어버리죠. 신랑 신부 사진이 대문짝만 하게 신문에 오르내리고요. 이만하면 젊은 여자들에게 첫 결혼 상대로 괜찮지 않겠어요?"

마리 알릭스의 말을 요약하자면, 성공한 카블루나 남자들은 아내에게 충실한 남편으로 사는 데 염증을 느꼈다. 그리고 갈증을 해소하기 위해 젊은 여자와의 만남을 꿈꿨다. 이누이트 나라에서도 훌륭한 사냥꾼이 자기보다 훨씬 어린 여자를 아내로 맞이하는 경우가 종종 있었다. 대체로 전처를 병이나 출산으로 잃은 뒤였다. 재미있는 점은 늙은 카블루나 남자가 젊은 여자를 찾는 나이가 이누이트 남자가 세상을 하직할 나이와 같다는 것이었다.

"그렇다고 진주가 아예 없진 않겠죠. 그래서 내 또래든 나이가 훨씬 많은 남자든, 혼자인 남자가 나를 좋다고 하면 언제든 만나볼 생각이에요. 중요한 건 서로 얼마나 잘 맞느냐 하는 거니까."

마리 알릭스는 입가에 미소를 머금은 채 쏟아지는 자동차 물결과 합류했다. 울릭은 그런 그녀에게 마음속으로 사랑을 고백했다.

30

"친애하는 사원 여러분, 오늘 이 자리는 여러분을 위해 만들어졌습니다. 지난해 우리 회사는 어려운 경기에도 불구하고 놀라운 성장을 이루었습니다. 여러분이 없었다면 불가능했을 일입니다. 다시 말하지만, 여러분은 우리 회사가 이룬 승리의 표상입니다."

실내는 유리로 지어진 거대한 이글루 같았다. 수백 명의 사람이 파란색 플라스틱 의자에 앉아 대형 스크린을 응시했다. 스크린 위로 플로랑스가 마이크에 대고 말하는 모습이 비쳤다. 그녀가 움직일 때마다 귀에 걸린 귀걸이가 조명을 받아 반짝였다. 석유회사 대표는 새끼 고래만큼 긴 길이의 테이블에 부서별 추장들과 같이 앉아 있었다. 마리 알릭스는 참석하지 않았다. 그녀는 다른 일이 있어서 울릭을 데려다준 뒤 곧바로 약속 장소로 이동했다.

플로랑스가 등장하기 전까지 다양한 영상이 스크린에 비쳤다. 주로 아프리카나 아시아의 정글에서 작업 중인 시추 현장이었다. 그 안에는 해저 깊숙이 파이프가 박힌 오대양과 광활한 벌판에서 반복운동으로 석유를 끌어올리는 펌프, 바다 위에 건설된 거대한 플랫폼, 카약과는 비교도 안 될 만큼 커다란 배가 높은 물살을 일으키며 파도를 가르는 모습도 포함되었다. 고래의 등뼈처럼 수면 위로 솟아난 산봉우리는 감탄을 자아냈다. 암벽에는 온갖 다양한 식물이 군락을 형성했다. 울릭은 빙산처럼 바다를 향해 곤두박질치는 암벽을 보고 입을 다물지 못했다.

"여러분이 방금 보신 영상은 베트남의 알롱 만입니다. 모두 알다시피 우리는 현재 그곳에서 중대한 프로젝트를 진행하고 있습니다. 또한 우리 회사는 그동안 환경보호를 위해 많은 노력을 기울여왔습니다. 오늘은 이 사실을 증명하기 위해 먼 곳에서 귀한 손님이 오셨습니다. 모두 박수로 환영해주시기 바랍니다. 울릭, 이쪽으로 오십시오."

울릭이 기다란 테이블 곁으로 다가가자 석유회사 대표가 옆에 앉은 사람을 일어서게 했다. 그리고 몰이사냥을 주제로 짧은 연설을 했다.

"이제 울릭의 이야기를 들어볼까 합니다. 이누이트는 맨몸으로 영하 사십 도를 넘나드는 척박한 환경에 적응해 살아왔습니다. 어떻게 그럴 수 있었을까요? 나는 그 이유를 단결에서 찾았습니다. 그리고 단결만이 승리를 가져다준다는 사실을 배웠습니다. 우리도 이누이트처럼 단결해야 합니다. 그래야 이깁니다. 이것이 우리가 이누이트와 손을 잡아야 하는 이유입니다."

또다시 박수갈채가 터져 나왔다. 울릭은 '단결만이 승리를 가져다준다'는 말이 회사에서 유행인 기도문이라고 생각했다. 그렇지 않다면 말 한마디에 모두가 그렇게 열광할 이유가 없었다. 아니면 그가 모르는 또 다른 이유가 있는지도 몰랐다. 카블루나는 유조선처럼 복잡한 기계를 만들 줄 알았다. 그런 사람들이 환호하는 데에는 그만한 이유가 있어야 했다. 하지만 이것도 어디까지나 그의 추측일 뿐이었다. 나중에 마리 알릭스에게 물어보는 게 좋을 듯했다. 그녀라면 분명 답을 알 것이었다.

이제 청중에게 사냥과 사냥의 규칙에 관해 이야기를 들려줄 시간이었다. 울릭은 연설이 성공적으로 끝나리라 확신했다. 그가 이야기를 시작했다.

31

"울릭, 부족 모두가 사냥에 참여한다고 말씀하셨죠?"

석유회사 대표의 흰 치아가 스크린에서 반짝였다. 울릭의 연설이 마음에 든 모양이었다.

"그렇습니다. 바다표범 사냥을 예로 들어보죠. 극한의 추위 속에서 인간이 버틸 수 있는 시간은 한정되어 있습니다. 반면 바다표범을 기다리는 시간에는 한계가 없지요. 그래서 우리는 교대로 바다표범을 사냥합니다. 배에서 사냥할 때도 누구는 노를 젓고, 누구는 망을 보고, 누구는 갈고리 장대를 던집니다. 곰을 사냥할 때는 여러 대의 썰매가 동원됩니다. 추격 시 개를 잃는 일이 종종 일어나기 때문입니다. 그래서 우리는 곰을 죽인 사람뿐만 아니라 사냥에 참여한 이들 모두와 포획물을 공평하게 나눕니다."

"네, 맞습니다. 단결이 곧 승리죠. 우리나라도 그렇습니다. 그래서 일도 같이 하고 지금 이렇게 한자리에 모인 겁니다. 회사의 성패가 우리 자신에게 달려 있다는 사실을 모두 알기 때문입니다."

석유회사 대표의 말에 이어 플로랑스가 마이크를 잡았다.

"네, 두 분 말씀 잘 들었습니다. 그럼 지금부터 질의응답 시간으로 넘어가보도록 하겠습니다. 울릭에게 궁금한 점이 있는 분들은 말씀하십시오."

마이크가 플로랑스의 손을 거쳐 장내를 이리저리 돌아다녔다.

울릭은 사람들이 어떤 질문을 할지 궁금했다. 때로는 질문이 대답보다 많은 것을 가르쳐주었다. 카블루나에 대해 알 새로운 기회였다.

한 젊은 여자가 마이크를 잡았다. 창백하고 깡마른 얼굴에 어두운색 옷을 입은 그녀는 무언가에 굶주린 사람 같았다.

"지금까지 당신이 한 연설에는 남자에 관한 이야기만 있었습니다. 이누이트 나라에는 여자가 없습니까? 여자는 사회 구성원이 될 수 없습니까?"

짧은 침묵이 지나고 몇몇 사람이 환호성을 질렀다. 웃음소리도 들렸다. 울릭은 지난 방송을 떠올렸다. 카블루나는 여성의 역할에 정말이지 관심이 많아 보였다.

"아닙니다. 직접 사냥하지는 않지만 여자들도 이누이트 사회의 구성원입니다. 다만 우리나라 여자들은 짐승의 가죽을 다듬고 바느질하며 사회 구성원으로서의 의무를 다합니다. 꼼꼼하게 바느질된 따뜻한 옷이 있어야만 남자들이 멀리 원정을 나갈 수 있고, 사냥도 할 수 있기 때문입니다."

울릭의 말에 몇몇 젊은 여성이 불편한 심기를 드러냈다.

"여자들은 왜 사냥을 안 하죠?"

앞서 질문한 여자가 비아냥거렸다.

"사냥을 전혀 안 하지는 않습니다. 여자도 가끔은 뜰채로 물고기를 잡으니까요. 하지만 곰처럼 큰 짐승을 사냥할 때는 참여하지 않습니다."

"왜죠? 이유를 물어봐도 될까요?"

"여자들은 아이들을 보살피고 이글루를 돌봐야 하기 때문입니다."

여기저기서 키득키득 웃는 소리가 들려왔다. 울릭은 사람들의 반응이 의아했다.

"그렇군요. 하지만 여자 대신 남자가 집안일을 할 수도 있지 않습니까?"

"남자가 왜 집안일을 합니까? 남자는 사냥을 해야 합니다."

이번에는 모두가 주저 없이 한바탕 웃음을 터뜨렸다. 그 웃음이 자신을 조롱하는 것이 아님을 기억하기 위해 울릭은 마리 알릭스의 얼굴을 떠올려야 했다.

플로랑스가 울릭에게 말했다.

"울릭, 실비의 질문은 다른 식의 역할 분담도 생각해볼 수 있다는 거였어요. 가끔은 여자들이 사냥을 나가고 남자들이 이글루를 지킬 수도 있으니까."

순간 울릭은 난처할 때는 대답 대신 또 다른 질문을 하라는 꾸뻬 박사의 조언이 생각났다.

"무슨 말인지 알겠습니다. 하지만 과연 누가 그렇게 하고 싶어 할까요?"

"여자들도 사냥을 좋아할 수 있잖아요?"

플로랑스가 물었다.

울릭은 정신을 집중하기 위해 노력했다. 하지만 청중의 웃음소리와 난감한 표정으로 스크린에 비친 그의 모습이 방해되었다.

"여자도 사냥꾼으로 길러졌다면 분명 사냥을 좋아했을 겁니다. 하지만 이누이트는 어린 소녀들에게 사냥을 가르치지 않습니다."

"만약 가르치면요?"

"훌륭한 사냥꾼이 되는 여자도 있을 겁니다."

"맞습니다. 우리나라 여자들이 남자들과 같은 일을 하는 원리가 바로 그겁니다."

실비라는 이름의 젊은 여자가 말했다.

"그렇군요. 그런데 사냥은 다릅니다. 남자보다 사냥을 잘하는 여자는 없어요."

장내가 술렁였다. 울릭은 거의 모든 남자가 웃는다는 사실에 주목했다.

"왜 그렇다고 생각하시죠?"

실비가 물었다.

"여성은 살생을 좋아하지 않기 때문입니다. 여성은 부드럽고 섬세합니다. 그래서 자녀 양육을 책임지는 겁니다. 살생을 위해 자신의 부드럽고 섬세한 면을 포기하는 여자는 세상에 없을 겁니다. 사냥도 마찬가지입니다. 훌륭한 사냥꾼이 되려면 강해야 합니다. 그런데 강한 여자는 남자들이 싫어합니다. 남자들은 다정다감하고 감수성이 풍부한 여자를 좋아합니다."

장내가 다시 술렁이기 시작했다. 야유를 퍼붓는 사람, 웃는 사람, 비난하는 사람, 조롱하는 사람, 환호하는 사람들로 한바탕 소란이 일었다. 출입구를 향해 가는 사람도 있었다. 석유회사 대표는 직원들의 반응에 회심의 미소를 지었고, 플로랑스는 마이크를 두드렸다.

32

이번에는 젊은 남자가 마이크를 잡았다.

"제 이름은 세드릭입니다. 회사에 입사한 지 일 년이 되었고 인사부에서 일하고 있습니다. 저는 이누이트가 어떤 식으로 포획물을 분배하는지 궁금합니다."

"좋습니다, 세드릭. 그런데 질문의 의도가 뭐죠? 혹시 우리 회사의 복지와 관련된 건가요?"

플로랑스가 못마땅한 얼굴로 반문했다.

"그렇습니다. 정당한 대우를 받아야 팀의 일원으로 의욕을 갖고 일할 수 있으니까요. 울릭, 당신의 나라는 어떻습니까?"

울릭은 세드릭을 관찰했다. 그는 모임에 참석한 다른 남자들과 달리 넥타이를 매지 않았다. 중요한 자리에서는 늘 넥타이를 착용하는 보통의 카블루나 남자들과 달랐다. 울릭은 세드릭이 질문에 대한 답을 이미 갖고 있다고 생각했다. 그에게 필요한 것은 빗대어 말할 대상이었고, 그 대상이 바로 이누이트일 뿐이었다.

플로랑스가 입술을 달싹였다. 하고 싶은 말이 있는 듯했지만 울릭이 그녀의 말을 가로막았다. 그는 이누이트가 자랑스러웠고 부족의 분배 법칙을 소개하게 되어 무척 기뻤다.

"사냥에서 잡은 바다표범이나 곰을 해체할 때, 우리는 늘 같은 크기로 고기를 자르려고 노력합니다. 그래야 사냥에 참여한 모두가 같은 양의 고기를 가져갈 수 있기 때문입니다."

"짐승을 직접 죽이지 않은 이들에게도 고기를 나눠줍니까?"

세드릭이 질문을 이었다.

"물론입니다. 우리 모두는 각기 다른 재주를 갖고 태어납니다. 힘이 센 사람이 있는가 하면 약한 사람이 있고, 뛰어난 사냥꾼이 있는가 하면 그렇지 못한 사냥꾼이 있습니다. 이누이트는 이 사실을 절대로 잊지 않습니다. 그래서 최고의 사냥꾼도 사냥한 짐승을 다른 이들과 똑같이 나눕니다. 만약 이 규칙을 어기면 동료들과 다음 사냥을 떠날 수 없습니다."

"혼자 사냥을 나갔다가 잡은 짐승은 어떻게 합니까?"

"그때도 결과물을 똑같이 나눕니다."

"정말입니까? 최고의 사냥꾼이 조금 더 큰 고깃덩이를 가져가거나, 제일 기름지고 맛 좋은 부분을 가져가진 않습니까?"

"사냥감이 풍부한 시기에는 조금 더 가져갈 수도 있습니다. 하지만 대체로 아이가 많은 집에 더 많은 고기가 배분됩니다."

"최고의 사냥꾼이라고 해서 더 가져가는 건 아니군요."

"그렇습니다."

"좋습니다. 세드릭, 이 정도면 충분히 대답이 되었겠죠? 다른 질문으로 넘어갑시다."

플로랑스가 끼어들었다.

"잠시만요. 묻고 싶은 게 한 가지 더 있습니다. 아까 실비의 질문과 비슷한 내용입니다. 울릭, 이누이트가 만약 새로운 제도를 도입한다면 어떻게 될까요? 예를 들면, 사냥꾼에게 포획물을 독점할 권리가 주어지는 겁니다. 무능한 사냥꾼에겐 안 된 일이지만 최고의 사냥꾼에겐 유리한 일이 아닐까요?"

이번 질문도 세드릭은 이미 답을 가진 듯했다.

"가끔은 훌륭한 사냥꾼도 유혹에 빠질 때가 있습니다. 그러나 욕심을 부리면 낭패를 보기 마련이죠. 결과가 좋을 리 없습니다."

울릭이 허풍쟁이 쿠리스티보크를 생각하며 대답했다.

"왜죠?"

"단순한 이유입니다. 다른 이들의 미움을 사는 것. 부족민 사이에 증오가 싹트면 인생이 고달파집니다. 이것이 우리가 포획물을 공평히 나누는 이유입니다. 부족의 평화를 위해서요."

석유회사 대표와 플로랑스의 표정이 싸늘해졌다. 테이블에 앉은 다른 분야의 추장들도 굳은 표정이었다. 질문이 계속될수록 모두의 얼굴에 긴장감이 감돌았다.

"울릭, 한 부족이 있습니다. 그 부족 최고의 사냥꾼은 다른 사람보다 백 배나 많은 포획물을 가져갑니다. 울릭, 이 부족의 앞날은 어떻게 될까요? 밝을까요 아니면 어두울까요?"

세드릭의 질문에 울릭이 일 초의 망설임도 없이 대답했다.

"그런 부족이 있다면 아마 곧 망할 겁니다."

"왜죠?"

"너무 많은 증오가 내부에 존재할 테니까요."

장내가 술렁이며 박수 소리와 함께 환호성이 터져 나왔다. 석유회사 대표와 플로랑스만이 딱딱하게 굳은 얼굴로 어금니를 깨물었다.

33

  모임이 끝난 뒤, 플로랑스는 상어 입처럼 생긴 자동차로 울릭을 데려다주었다. 그녀의 자동차는 마리 알릭스의 차보다 훨씬 컸다.

  회사가 수도 외곽에 위치해 두 사람은 고속도로를 타고 달렸다. 보통 이차선을 이용하는 마리 알릭스와 달리 플로랑스는 추월을 거듭하며 일차선을 고집했다.

  플로랑스의 운전 방식과 모임을 통솔하던 권위적인 태도를 보고, 울릭은 그가 이제껏 믿어왔던 여성에 대한 사회적 통념이 잘못되었을지도 모른다고 생각했다. 이누이트 여성에 대해서는 수정할 필요가 없었지만, 플로랑스처럼 수많은 남자 직원을 거느리는 여자 추장의 경우에는 다른 식의 접근 방식이 필요했다. 꾸뻬 박사는 카블루나 여자들이 남자들과 똑같은 방식으로 양육된다고 말했다. 이 말은 곧 남자아이들에게 공격적 성향이 있음을 의미했다.

울릭은 세드릭이 모임이 끝날 무렵 플로랑스의 눈빛을 보았다면 아마 지금쯤 큰 고민에 빠져 있을 것으로 생각했다. 플로랑스가 급작스럽게 차선을 변경했다. 울릭은 화들짝 놀라며 생각 밖으로 튕겨져 나왔다.

"내가 운전하는 게 무섭지는 않아요?"

"아니요, 전혀요."

이누크 남자에게 무섭냐고 묻다니! 순진한 발상이었다. 마리 알릭스가 운전하는 것보다 마음이 편하지는 않았지만, 그렇다고 무섭지는 않았다.

"마리 알릭스보다 차를 빨리 모는 것 같기는 합니다."

울릭이 플로랑스의 운전 방식을 염두에 두고 대답했다.

"아, 이 자동차는 빨리 달리게 만들어졌어요. 난 속도를 즐기고요."

"저도 운전을 해보고 싶어요."

"정말요? 내가 가르쳐줄까요?"

플로랑스는 농담이라는 듯 웃었지만 울릭은 그녀의 말이 진심처럼 느껴졌다.

울릭은 종전의 생각을 이어갔다. 플로랑스는 마리 알릭스보다 나이가 적고 키도 작았다. 하지만 목소리와 행동은 마리 알릭스에 비해 훨씬 크고 거칠었다. 성격도 터프해서 섬세함과 거리가 멀었지만 늘 완벽에 가까운 화장을 했다 매번 색이 바뀌는 머리카락도 항상 단정했다. 울릭은 여성인 동시에 카블루나 추장이기도 한 그녀에게 호기심이 생겼다.

"마리 알릭스와는 잘 지내나요?"

플로랑스가 물었다.

"네, 잘 지냅니다. 제게는 과분한 분이죠."

"쯧쯧, 마리 알릭스에게도 당신은 과분한 사람이에요."

"그런가요? 그럼 우리 둘 다 운이 좋았네요."

플로랑스가 의미심장한 미소를 지었다. 마리 알릭스와 울릭의 관계를 이미 아는 눈치였다.

"울릭, 기회가 왔을 때는 잡아야 해요."

"욕심을 부리다가 행운을 망치면 안 되고요."

플로랑스의 입가에 다시 미소가 지어졌다. 울릭은 그녀와의 대화가 재미있어졌다. 문장 뒤에 뜻을 감춰놓는 은유적 표현이 마음에 들었다. 어릴 적 트랑블레 대위의 책에서 읽은 '섬세하게 멋을 부린 문체'라는 문구가 떠올랐다. 이누이트에게는 낯선 대화법이었지만, 그렇다고 배우기 어려운 건 아니었다.

"울릭, 이제 우리나라 종교는 식도락을 죄로 생각하지 않아요. 알죠?"

"탐욕은 죄에 속해요. 아닌가요?"

울릭은 토마스가 갖고 있던 가톨릭 서적에서 읽은 내용을 기억했다.

"칠대 죄악을 아는군요!"

"네, 카블루나에 대해 공부가 필요한 것 같아서 책을 있었습니다."

그가 대답했다.

플로랑스가 씩 웃으며 앞차를 추월했다.

"공부를 했다고요? 카블루나에 대해? 카블루나 여자에 대해서도 공부를 했나요?"

"네. 그리고 카블루나 남자에 대해서도 공부했어요. 남자보다 여자를 이해하는 게 더 어렵지만, 알아두면 좋을 것 같아서요."

"여자를 이해하는 게 어려워요? 나는 당신이 나를 제대로 이해한다고 생각하는데요?"

"과찬이세요. 저는 아직 배울 게 많은걸요."

"하하, 그렇겠죠. 배울 것도 많고 사람을 놀릴 줄도 알고."

"아니에요."

울릭은 플로랑스의 호탕함이 어디서 나오는지 궁금했다. 왜 혼자 사는지도 궁금했다.

"플로랑스, 궁금한 게 있는데, 물어봐도 될까요?"

"물론이에요. 그런 것까지 일일이 허락을 구할 필요는 없어요."

"네, 그럼 물어볼게요. 플로랑스는 만나는 남자가 없죠?"

그녀가 눈살을 찌푸렸다.

"대체 어디서 그런 소릴 들었죠? 내게 남자가 없다고?"

"그냥 제 생각이에요. 당신처럼 매력적인 여성이 미혼에 자식도 없으니까."

울릭의 대답에 그녀의 얼굴이 한결 부드러워졌다. 카블루나든 이누이트든 칭찬에는 모두 약했다.

"얘기하자면 길어요."

"지적인 사람들은 요점을 잘 간추리지 않나요?"

플로랑스가 굉음을 내며 엄청난 속도로 차를 몰았다. 그로서는 친해지기 힘든 속도였다.

"우리 부모님은 내가 아주 어렸을 때 이혼했어요. 그때 알았죠. 남자에게 기대지 않고 독립적으로 사는 게 얼마나 중요한지를. 그래서 일찌감치 결혼에 대한 기대를 버렸어요. 결혼을 하든 말든 남자들은 결국 다 떠나기 마련이니까. 그래서 난 어려운 시험들을 치르고 일에 매달렸어요."

"사랑한 남자는 없었어요?"

"있었어요. 하지만 당시에는 또래의 남자들에게 관심이 없었어요. 그래서 나보다 나이가 훨씬 많은, 이미 결혼한 남자들과 만나기 시작했어요."

"아내들 모르게요?"

"네, 아내들 모르게. 의심하는 여자들도 있었지만, 모두 잠자코 있었죠."

"만난 남자들이 추장이었나 보군요. 사회적으로 지위가 높은."

울릭의 말에 플로랑스가 놀란 표정을 지었다.

"맞아요, 사회적으로 높은 위치의 추장들…… 특히 그중 한 명은 엄청났죠."

"결혼해서 자식을 낳고 싶은 적은 없었어요?"

"궁금한 게 많네요, 울릭. 이제야 얘기지만, 지금은 아이를 낳고 싶기도 해요. 아이를 가질 수 있는 시간이 얼마 남지 않았으니까. 그런데 누가 내 아이의 아버지가 돼줄까요? 그게 문제네요."

"꼭 나타날 테니까 걱정 마세요."

"울릭, 아까 그랬지요? 사회적으로 지위가 높은 추장이라고?"

"네."

"이런 말을 직접 하기는 좀 그렇지만, 나도 거기 속해요. 사회적으로 지위가 높은 여자 추장. 남자들은 이런 나를 두려워해요. 우리나라에도 여자 추장은 아직 흔치 않거든요."

"그럼 당신보다 높은 지위의 추장을 만나면 되잖아요."

"물론 그래도 되겠죠. 그런데 그러면 만날 수 있는 남자의 수가 확 줄어들어요. 나보다 높은 지위의 남자들은 나이가 꽤 되고 이미 오래전에 결혼해서 아내가 있거든요. 이혼한 남자도 있겠지만 거의 다 나보다 어린 여자들 몫이죠."

"마리 알릭스도 같은 말을 했어요."

"그랬어요? 그래도 마리는 나와 사정이 달라요. 그 애는 젊을 때 결혼도 해봤고 자식도 있으니까."

34

요 며칠 동안, 많은 일이 성공리에 치러졌다.

「울릭, 그는 우리를 어떻게 생각하는가?」라는 르포르타주가 사진과 함께 유명 여성지에 실렸다. 잡지 속 그는 상의를 벗은 채 무표정한 얼굴로 짐승의 털가죽에 파묻혀 있었다. 울릭의 기사가 실린 호는 쇄를 거듭하며 유명 가수의 인터뷰가 실린 지난 호의 기록을 깼다. 유명한 해외 잡지에도 인터뷰 내용이 기사화되어 다시 실렸다.

방송국의 러브콜도 쇄도했다. 플로랑스와 마리 알릭스가 거실 소파에 앉아서 어떤 초대에 응할지를 두고 상의해야 할 정도였다. 울릭이 할 일은 없었다. 남자 없이도 일을 척척 해내는 두 여자의 의견에 따르기만 하면 되었다.

"흠, 여기 출연하면 좋겠다. 주제가 바다니까 울릭과 잘 어울려."

플로랑스가 말했다.

"맞아. 게다가 유익한 방송이야. 나도 애들과 즐겨 봐."

마리 알릭스가 맞장구를 쳤다.

"환경학자들이 많이 보는 프로그램이니까 나한테도 득이 될 거야."

"대표와 회사를 위해 좋은 거겠지."

"그래. 네가 다니는 그 고결한 단체에도 기부금이 쏟아질 걸."

플로랑스와 마리 알릭스는 곧잘 의견이 충돌했다. 그런데 화해도 빨랐다. 남자 앞에서는 언성을 높이며 싸우지 않는 이누이트 여성과 대조적이었다.

"이건 어때?"

"글쎄, 구미가 확 안 당겨. 저명인사가 많이 나오기는 하지만 울릭이 답답해할 것도 같고."

"맞아. 별로 좋은 프로그램도 아니야."

마리 알릭스가 고개를 끄덕였다.

"잠깐, 아니야, 이걸 봐! 이날 장관이 나온대."

플로랑스가 소리쳤다.

"그래서 안 된다니까."

마리 알릭스는 고개를 저었다.

"그럼 이건 어때?"

"이 프로그램은 문제가 많아."

마리 알릭스와 플로랑스가 검은 옷을 입은 남자가 진행하는 토크쇼를 두고 입방아를 찧었다. 유명인사들이 게스트로 출연하는 프로그램이었다. 울릭은 꾸벅꾸벅 졸기 시작했다.

"좋은 점은 시청자 수준이 높아."

"그건 그런데 야수에게는 답답한 우리처럼 느껴질 거야."

"잠깐만요. 방금 뭐라고 하셨어요?"

옆에서 졸던 울릭이 눈을 번쩍 떴다.

플로랑스와 마리 알릭스가 몹시 놀란 표정을 지었다. 울릭이 옆에 있다는 사실을 까맣게 잊은 눈치였다.

"야수에게는 답답할 거라고 했어요."

"왜요?"

"사회자가 가끔 무례한 질문을 던지거든요. 모욕적인 지적으로 상처받고 우는 사람도 있어요."

"저한테도 그럴까요?"

"네, 충분히 가능해요."

"정신병원에 실려 가지 않으면 다행이에요."

플로랑스가 말했다.

울릭은 카블루나에게 이미 좋은 인상으로 각인되어 있었다. 먼 곳에서 온 보기 드문 외국인이었기 때문이다.

"맞아요, 여기 출연했다가는 다음 프로그램을 줄줄이 망친 거예요. 아마 아무도 안 볼걸요."

무례한 질문과 상처받기 쉬운 지적이라니!⋯⋯ 카블루나 나라에서 그는 늘 환영받았다. 그래서 부족의 명예를 지키거나 칭찬받기 위해 노력할 필요가 없었다. 비난받은 적도 없어서 스스로를 보호할 필요도 없었다. 역경에 처한 적은 더더욱 없었고 실패한 기억도 없었다. 울릭은 그런 자신이 가여웠다. 이누크가 남자답지 않은 삶을 살았다. 그가 선언했다.

"결정했어요. 난 여기 나갈래요."

35

"신사 숙녀 여러분 오래 기다리셨습니다. 오늘은 우리나라에 온 지 삼 주 만에 일약 스타가 된 분을 모셨습니다. 현재그는 각종 방송사로부터 러브 콜을 받고 있습니다."

음악이 흐르고 여성지에 실린 울릭의 사진이 대형 스크린에 비쳤다. 방청객들이 박수를 치며 환호했고 마리 알릭스와플로랑스는 맞은편 스튜디오에서 촬영 화면을 모니터링했다.

"울릭, 당신은 남자들이 사냥을 하는 나라에서 왔습니다."

사회자는 머리카락이 검었다. 광대뼈도 크게 돌출되어서마리 알릭스의 책에서 본 크리크 부족을 연상시켰다. 크리크부족은 대대로 이누이트의 적이었다. 하지만 사회자는 외모와 달리 울릭에게 무척 우호적이었다.

"반대로 여자들은 자녀를 돌보며 집을 지킵니다. 이 점에 대해 이누이트 여성은 아무 불평이 없습니까?"

익숙한 분야였다. 꾸뻬 박사와 대화를 나눈 뒤라서 대답이 훨씬 수월했다.

"없습니다. 각자 득을 보는 분담인걸요."

그가 대답했다.

사회자가 인정한다는 의미로 입술을 뾰족하게 내밀자 방청객 사이에서 박수가 터져 나왔다.

사회자는 이누이트의 삶에 관해 끝없이 질문을 던졌다. 촬영에 앞서 미리 공부를 한 듯했다. 덕분에 인터뷰가 화기애애한 분위기 속에서 진행되었다. 질문의 내용도 내내 호의적이어서 울릭은 마리 알릭스와 플로랑스가 왜 그런 걱정을 했는지 의아했다.

"신사 숙녀 여러분 새로운 게스트를 소개합니다. 집을 지키기보다는 사냥을 좋아하는 여자, 아드린느입니다."

무대 뒤에서 한 여자가 뛰어나왔다. 그녀가 울릭 옆에 앉자 또다시 박수갈채가 쏟아졌다.

아드린느는 둥글둥글 풍만한 몸매가 푸근하게 느껴지는 여자였다. 미인과는 거리가 멀었지만 웃는 모습이 예쁜, 삼십대 초반의 여자였다. 이누크 여성이 임신과 출산에서 은퇴를 생각하는 나이였다.

"아드린느, 당신이 쓴 책이 요즘 얼마나 많은 사람의 입에 오르내리는지 압니까? 책 제목이 『나는 아무도 필요하지 않다』 인데 현재 베스트셀러죠."

대형 스크린에 책 표지가 뜨자 또다시 박수 소리가 들렸다. 아드린느는 미소를 짓고 있었지만 울릭은 그녀가 방어적이라 는 느낌을 받았다.

"아드린느, 당신은 이 책에서 몇 차례의 연애 경험을 털어 놓았습니다. 그리고 이렇게 결론을 내렸습니다. 남자와 함께 있을 때보다 혼자 있을 때 훨씬 행복하다고요. 그러면서 많은 여성이 당신과 같은 생각을 한다고 말했습니다. 다만 사회적 물의를 일으키지 않기 위해 속마음을 숨기고 있다고요. 여성 이 약하기 때문에 남성이 필요하다고 알려졌지만, 사실은 그 렇지 않다고 말입니다. 그리고 모두가 마음속으로는 이미 이 사실을 알고 있다고 했습니다."

"네, 그렇습니다. 대부분의 여성은 혼자 있을 때 편안함을 느낍니다. 저처럼요."

"그런데 아드린느, 당신은 동거 경험도 있고 결혼도 해봤 습니다. 이 부분은 어떻게 설명하실 거죠?"

"맞습니다. 저도 다른 여자들처럼 살던 때가 있었습니다.

하지만 여기서 분명히 말씀드리고 싶은 건 남자가 있던 시절의 내가 행복하지 않았다는 겁니다. 그때 내가 느낀 행복은, 혹은 행복이라고 생각한 감정은 전부 사회적으로 강요된 거짓이었습니다."

그때였다. 출연진 뒤에 앉아 있던 파란색 셔츠의 남자가 대화에 끼어들었다.

"흠, 남자들이 왜 죄다 도망갔는지 이제 알겠네요!"

방청석에서 웃음이 터졌다. 울릭은 프로그램이 시작할 때부터 그를 주시했다. 마리 알릭스와 플로랑스는 그가 매우 불쾌한 지적을 할 거라며 가능한 질문에 답하지 말라고 충고했다. 마리 알릭스는 절대로 싸우지 말라고 당부까지 했다. 하지만 전혀 아니었다. 그는 울릭의 말에 한 번도 꼬투리를 잡지 않았다. 아예 대화에 끼지 않았다. 그랬던 그가 처음으로 모욕적인 발언을 했다.

울릭은 아드린느가 상처받았을 것으로 생각했다. 파란 셔츠의 남자에게 화를 내리라고 예상했다. 그런데 방청석이 조용해질 때까지 바보처럼 내내 웃기만 했다.

"신사 숙녀 여러분 저자를 용서하세요! 저 친구는 정말이지 자제력이 부족합니다. 아드린느, 좋습니다. 당신은 남자들이 더는 필요하지 않다고 말했습니다."

"네, 저뿐만 아니라 많은 여성이 같은 생각을 합니다. 현대 사회는 여성도 일을 합니다. 여성이 스스로의 삶을 책임질 수 있게 된 거죠. 두고 보세요. 조만간 사회 각 분야에서 여자들이 남자를 제치고 두각을 드러낼 겁니다. 정경 내 고위직이 여성으로 채워지고, 여성의 가치는 하늘을 찌를 겁니다."

"좋습니다. 그런데 저녁에는요? 외롭지 않을까요?"

"남자가 없으면 외출을 못 합니까? 그런 날에는 친구를 만나고, 마음에 드는 공연을 보면 됩니다. 저는 결혼한 여성이 후회하는 경우를 많이 봐왔습니다. 오늘 이 자리를 빌려 그들에게 말하고 싶습니다. 삶에서 남자를 쫓아내세요. 친구들과 더 자주 만나고 원하는 일을 하며 사세요."

"결혼이 언제나 천국 같지 않다는 말에 동의합니다. 하지만 아드린느……."

"네?"

"질문이 쉽지 않지만 묻고 싶은 게 있습니다."

사회자가 심술궂은 미소를 지었다.

"뭐든 물어보세요. 답해드리지요."

"사랑은 어떻게 합니까? 잠자리를 갖고 싶어질 때요."

"섹스 파트너는 쉽게 찾을 수 있습니다. 남자니까 잘 아시지 않나요?"

"휴, 돈을 얼마나 많이 줬으면!"

파란 셔츠의 남자가 또다시 끼어들었다.

아드린느가 펄쩍 뛰고 방청객이 웃음을 터뜨렸다. 아드린
느는 당황한 얼굴이었다. 잠깐이었지만 눈에 눈물까지 고였
다. 그런데도 아무 일 없었다는 듯 미소를 지었다.

"아, 저 친구는 정말 가망이 없군요! 아드린느, 신경 쓰지
마세요. 저는 당신이 진실만을 말하고 있다고 생각합니다. 당
신 자신에게 솔직하다고요. 하지만 혼자 사는 여자들은 거의
다 외로움에 시달립니다. 그렇지 않습니까?"

"남성주의적 시각으로 보면 분명 그럴 겁니다. 그런데 생
각해보세요. 외로움이 그렇게 두렵다면 이혼을 요구하는 여
자가 왜 그렇게 많을까요? 게다가 이혼을 먼저 요구하는 쪽
은 여성인 경우가 더 많습니다."

사회자가 울릭을 향해 고개를 돌렸다.

"울릭, 당신의 생각은 어떻습니까?"

울릭은 파란 셔츠를 입은 남자의 말에 충격을 받은 상태였
다. 어떻게 저런 말을 할 수 있지? 왜 모두 가만히 있지? 여자
를 이렇게 대놓고 모욕하다니! 이누이트 나라에서는 불가능한
일이었다. 그는 모른 척할 수가 없었다. 그러나 대답을 해야
했다. 그는 정의를 실현하기 위해 이곳에 온 것이 아니었다.

"제 생각에는 여자들의 말과 행동이 다른 것 같습니다."

"여자의 마음이 복잡하단 말씀입니까?"

사회자가 물었다.

"마초들의 상투적 표현이군요."

아드린느가 지적했다.

방청객들이 엄지를 내리며 야유를 퍼부었다. 사회자가 손가락을 입에 대고 조용히 하라는 신호를 보냈다.

"신사 숙녀 여러분 진정하세요. 제 생각에는 뭔가 재미난 이야기가 나올 것 같습니다. 울릭, 설명을 조금 더 해주시겠습니까? 여자들의 어떤 말이 마음과 다르다는 겁니까?"

파란 셔츠의 키 작은 남자는 울릭의 대답을 기다리며 끼어들 기회를 노렸다.

"남자가 필요하지 않다는 말, 저는 이 말이 마음과 다른 말이라고 생각합니다."

"그렇군요. 그렇다면 여자들이 왜 그런 말을 할까요?"

"남자가 필요 없다고 생각해버리는 쪽이 더 편해서가 아닐까요?"

"그렇군요! 동의합니다. 그러면 여자들이 인생에서 남자를 쫓아내고 싶어 하는 것도 같은 이유일까요? 혹시 다른 이유는 없을까요?"

"제 생각은 조금 다릅니다. 사실 여자들이 원하는 건 남자를 쫓아내는 게 아닙니다. 기다려도 안 오니까 혼자 살기로 결정했을 뿐이죠."

"울릭, 그렇다면 여자들은 대체 어떤 남자를 기다리는 거죠?"

어려운 질문이었다. 누구도 상처 주지 않으면서 이누이트의 지혜를 드러낼 수 있는 대답이 필요했다.

"여자들이 기다리는 남자는 강하고, 선하고, 신의를 지킬 줄 아는 남자입니다."

울릭의 말에 방청석이 들썩였다. 사회자는 감탄한 듯 동그랗게 뜬 눈으로 방청석을 둘러봤고, 방청객들이 일제히 일어나 박수를 쳤다. 누군가 휘파람도 불었다.

"울릭, 이누이트 여성은 어떻습니까? 이곳 여성들과 같은가요, 아니면 다른가요?"

"마찬가집니다. 다만 이누이트 여성은 남성에게 환상을 품지 않습니다. 남성도 마찬가집니다. 어릴 때부터 정해진 짝과 왕래하며 서로에 대해 알아갈 시간을 충분히 갖기 때문입니다. 한 번도 본 적 없는 남성을 기다리는 이곳 여성과는 다릅니다."

"신사 숙녀 여러분 주목해주십시오. 울릭이 드디어 만남에

초점을 맞췄습니다. 아드린느, 울릭의 말을 어떻게 생각합니까?"

"이누이트 여성이 지정된 짝을 순순히 받아들이는 이유가 뭘까요? 포기했기 때문 아닐까요? 이누이트 여성은 아직도 생존을 위해 남자가 필요한 생활을 하고 있습니다. 하지만 우리나라는 아닙니다. 더는 여자가 남자에게 기대어 살 필요가 없어요. 어리석은 사람과 함께 걷기보다는 혼자 걷는 편이 낫다는 말이 괜히 생기지는 않았을 겁니다."

울릭은 아드린느의 말에 충격을 받았다. 카블루나 나라에 온 이후로 그는 많은 사람을 만났다. 혼자 사는 여성들의 마음을 충분히 안다고도 생각했다. 하지만 아니었다. 여자의 행복이 사랑에서 완성된다는 그의 생각은 틀린 것이었다.

"결혼해서 행복하게 사는 여자들도 있습니다. 이 점에 대해서는 어떻게 생각하십니까?"

사회자가 물었다.

"물론 그런 여자들도 있습니다. 그런데 그 행복이 언제까지 지속될까요? 결혼 후 절반의 부부가 이혼으로 관계를 정리합니다. 물론 행복하지 않은 결혼 생활을 유지하는 사람도 있지만, 그건 별개의 문제입니다."

"맞습니다. 통계를 보면 배우자와의 이별 후 다시 커플로

돌아갈 확률도 여자보다 남자가 훨씬 더 높다고 합니다."

사회자가 카드를 들어 보이며 말했다.

"맞아요! 결혼이 필요한 쪽은 남자지 여자가 아니에요."

"네, 그리고 이혼한 남자들은 대부분 전처보다 훨씬 어린 여자와 재혼하지요."

사회자가 지적했다.

"어리기만 하면 되나? 날씬해야지!"

파란 셔츠의 남자가 한마디 거들었다. 방청석에서 다시 웃음이 터졌다.

아드린느의 흔들리는 눈빛을 보고 울릭은 마음이 아팠다. 어떻게든 돕고 싶었다. 하지만 그럴 수가 없었다. 몸무게를 언급하지 않고는 어떤 위로의 말도 찾지 못했기 때문이다. 그래서 울릭은 화제를 돌리기로 했다.

"하고 싶은 말이 있는데 해도 될까요?"

울릭이 사회자에게 물었다.

"물론입니다."

"우리나라 여자들은 정숙하게 옷을 입습니다. 그런데 이곳 여자들은 늘 노출이 심한 옷을 입더군요. 저는 그들이 왜 그렇게 자극적인 스타일을 선호하는지 궁금합니다."

웃음소리와 박수 소리가 뒤섞였다.

"여자들이 전부 다 그렇지는 않아요."

아드린느가 못마땅한 얼굴로 이의를 제기했다.

"오, 사랑하는 그대는 몸을 가리고 가만히 있는 게 좋겠어요."

파란 셔츠의 남자가 끼어들었다.

아무리 생각해도 정도가 지나쳤다. 울릭은 인내심의 한계를 느꼈다. 그가 파란 셔츠 차림의 남자를 향해 고개를 돌렸다.

"이누크는 이런 식으로 여성을 모욕하지 않습니다!"

울릭의 갑작스러운 발언에 아드린느는 당혹감을 감추지 못했다.

"나는…… 나는 모욕당했다고 생각하지 않아요."

그녀가 말했다.

"보셨지요? 아드린느는 남자 따위에게는 도움받지 않아요."

파란 셔츠를 입은 남자의 말에 사람들이 박수를 쳤다.

울릭은 실수를 인정했다. 아드린느는 남자의 보호를 필요로 하지 않았다. 오히려 불명예로 여겼다.

36

방송을 시작으로 울릭의 삶은 크게 변화했다. 거리에서 사람들이 그를 알아보기 시작했고, 등 뒤에서 종종 "울릭이다!"하고 외치는 소리가 들렸다. 그뿐이 아니었다. 엄마 손을 잡은 어린이들과 청소년들이, 미혼 여성들과 노부부들이 텔레비전에서 봤다며 사인을 부탁했다. 사람들은 계속해서 그에게 친절을 베풀었고 울릭을 향한 그들의 애정은 소수 민족을 향한 인류애 또는 스타를 향한 동경 중 하나였다.

"두 가지 모두 해당할 겁니다. 사람들에게 당신은 적대적인 세계로부터 위협받는 가엾은 이누이트 남자이자 텔레비전에 나오는 스타니까요. 거부할 수 없는 조합이지요."

꾸뻬 박사가 말했다.

"회사가 광고 사진을 찍고 싶어 합니다. 영화도 만들자고 하고요."

"그것 보십시오. 그들도 상황을 이해한 겁니다. 될 수 있으면 돈을 많이 달라고 하세요."

"마리 알릭스가 변호사를 알아본다고 그랬어요."

"그녀의 전남편이 변호사예요. 아닌가요?"

"맞아요, 게다가 이 분야의 전문가죠. 하지만 마리 알릭스는 다른 변호사를 선임하고 싶어 해요."

"샤를르와는 자주 마주칩니까?"

마리 알릭스의 집에서 울릭을 마주친 후로 샤를르는 이전보다 훨씬 더 자주 집에 드나들었다. 집이 비어서 주방에 놓고 가긴 했지만, 어느 날인가는 꽃다발까지 사 들고 왔다.

"남자들의 주특기지요. 그런 걸 두고 '때 늦은 귀환'이라고 합니다."

꾸뻬 박사가 말했다.

울릭은 꾸뻬 박사와 만나 이야기를 나누는 시간이 좋았다. 온종일 여러 사람과 모임을 갖고 교류하는 것보다 꾸뻬 박사와의 짧은 대화가 훨씬 유익하게 느껴졌다.

"아드린느에 대해서는 어떻게 생각하십니까?"

울릭이 물었다.

"자기방어의 일종이라고 생각합니다."

"견디기 힘든 감정을 감추기 위해 그러는 거라고요?"

"네, 아드린느라고 외로움에서 완전히 자유로운 것은 아닐 겁니다. 감정을 무시하는 거죠."

꾸뻬 박사가 설명했다.

"그런데 혼자 사는 여자가 정말 그렇게 많습니까?"

"아주 많습니다. 이 도시만 해도 절반의 여자들이 혼자 살아요."

"남자도 전혀 안 만나면서요?"

"꼭 그런 건 아니에요. 가끔은 연애도 하고 모험도 하니까. 하지만 대부분은 많은 밤을 혼자 보냅니다."

"여자들이 외로움으로 진료를 받으러 오면 박사님은 그들을 어떻게 도우세요?"

"사람에 따라 다릅니다. 어떤 사랑을 했는지에 따라서도 다르고요. 보통은 아버지 이야기로 시작합니다. 가끔은 백마 탄 왕자님 이야기도 하면서요."

"백마 탄 왕자님이요?"

꾸뻬 박사의 설명에 의하면 백마 탄 왕자님은 디안이 말한 '좋은 남자'와 의미가 같았다.

"짝이 없는 남자의 수가 한정적이면 매력적인 왕자를 기다리는 여자들의 기대감도 낮아지지 않을까 생각해봤습니다. 모르긴 몰라도 농경사회에서는 그랬을 겁니다. 그보다 훨씬 이전에 인류가 최초로 짝짓기를 했을 때도요. 그런데 오늘날 여자들은 백마 탄 왕자님을 거리에서 우연히 만날 거라고 믿어요. 물론 그런 일이 실제로 일어나기도 합니다. 다만, 얼마나 오래 매력적인 남자로 살아남느냐가 문제지요."

"옛날에는 이곳도 이누이트 나라와 비슷했나 보군요."

"네, 분명 유사한 점이 많았을 겁니다."

"그럼 옛날 사람들은 남녀가 부부로 살며 지금보다 훨씬 행복한 삶을 살았나요?"

"아! 어려운 질문이네요. 하지만 분명히 말할 수 있는 건, 조상들이 지금과 같은 이유로 행복하거나 불행하지는 않았다는 겁니다. 이전에는 삶이 훨씬 단순했어요. 모험과도 거리가 멀었죠. 살면서 느끼는 즐거움도 훨씬 소박했고, 추락하는 일도 적었습니다. 울릭, 당신 생각은 어떻습니까? 이누이트가 우리보다 행복합니까?"

질문에 답하기 전에 울릭은 다시 한번 깊이 생각해보았다. 꾸뻬 박사와의 만남을 통해 그가 배운 것 중 하나가 바로 깊이 생각하는 것이었다.

"이누이트가 카블루나보다 행복한지는 모르겠습니다. 하

지만 기쁜 일이 여기보다 많다는 생각은 듭니다. 예를 들면 이런 겁니다. 우리나라에서는 장기간 사냥을 하고 돌아오면 마을 사람들이 전부 마중을 나옵니다. 그리고 한바탕 잔치가 벌어지죠. 그 외에 기근이 끝나고 첫 바다코끼리를 잡을 때나 봄이 되어 설렐 때. 아기가 태어날 때 등 인생의 즐거움을 느낄 수 있는 순간은 많습니다."

"많지는 않지만 우리나라에도 그런 종류의 기쁨이 아직 남아 있습니다. 확실하게 뭐라고 말할 수는 없지만요. 어쨌든 우리 사회는 정체되고 있습니다. 해마다 출생률도 무섭게 떨어지고요."

"이누이트라고 늘 행복한 건 아녜요. 북극에서의 삶은 정말 고되거든요. 주의를 조금만 기울이지 않아도 죽을 수 있고, 사냥을 못 하는 계절도 깁니다. 배고픔과도 싸워야 하고 많은 아기가 태어나자마자 목숨을 잃습니다."

"맞습니다. 우리도 그랬어요. 하지만 전부 잊었죠. 그리고 응석받이가 되었어요."

꾸뻬 박사가 말했다.

울릭은 꾸뻬 박사의 환자 중에 혼자 사는 남자는 없는지 궁금했다.

"혼자 사는 남자들은 정신과 의사를 찾아오지 않습니다.

이따금 중증 환자가 올 때도 있지만 흔하지는 않습니다. 여자들과 달리 남자들은 정신과 의사에게 자신의 비밀을 털어놓는 데 큰 저항을 느낍니다. 문제를 혼자서 해결하지 못했다는 수치심 때문입니다. 그래서 남자들은 삶이 더는 삶으로 기능하지 못할 때, 혹은 아내의 압력에 밀려 이곳에 옵니다."

꾸뻬 박사가 들려준 카블루나 남자 이야기는 이누이트와 다른 점이 전혀 없었다. 이누크 남자도 누군가에게 고민을 털어놓거나 타인의 동정을 받는 일을 부끄럽게 생각했다.

두 사람은 토마스로 화제를 돌렸다. 꾸뻬 박사는 토마스의 변화에 무척 기뻐했다. 울릭과 매일 훈련한 덕에 그는 이제 큰 무리 없이 사람들과 소통했다.

"예전에는 토마스가 정말 유별나게 행동했어요. 그런데 지금은 안정된 모습을 찾아서 정말 다행입니다."

"지난번에는 친구를 집에 초대하기도 했습니다."

"와, 정말입니까? 브라보! 친구 초대는 처음입니다. 흠, 그런데 울릭, 궁금한 게 있습니다."

"뭐지요?"

"나는 당신이 이제 그 가족에게 꽤 중요한 사람이 되었다고 생각합니다. 하지만 언젠가 당신은 떠나야 합니다. 혹시 출국 날이 정해졌나요? 마리 알릭스의 가족들과 이 일에 관해 상의해본 적이 있습니까?"

꾸뻬 박사는 복잡한 문제를 단순하게 만드는 재주가 있었다. 대답하기 어려운 질문도 편하게 만드는 비상한 능력이었다.

37

"곧 떠나겠네요."

마리 알릭스가 말했다.

그녀의 질문에 울릭은 잠을 깼다. 그는 나바라나바의 꿈을 꾸며 졸고 있었다.

"영화를 찍기 전에는 떠날 수가 없어요."

플로랑스는 울릭을 주제로 영화를 찍을 계획이었다. 석유 회사 이미지를 끌어올리기에 더없이 좋은 기회였다. 상영 시간이 긴 영화는 아니었지만 다양한 분야의 사람들과 몇 주에 걸쳐 모임을 가져야 했고 결정할 사항도 많았다.

"영화를 찍은 뒤에는 떠날 거고요?"

"잘 모르겠어요. 제가 떠나길 바라세요?"

"그런 말이 아니잖아요."

마리 알릭스의 목소리에서 서운함이 묻어났다.

"당신은 내게 영원히 북극에서 온 선물일 거예요. 설령 당신이 바보 같은 짓을 한다고 해도 마찬가지죠. 하지만 나는 이누이트의 삶이 이곳에 있다고는 생각하지 않아요. 지난 르포르타주에서 본 귀여운 여자는 그렇다 치더라도……."

마리 알릭스와 울릭은 나바라나바와의 관계에 관해 이야기를 나눈 적이 없었다. 그런데도 그녀는 모두 아는 듯했다.

"당신이 떠난다고 해서 우리가 영원히 이별하는 건 아니에요. 내게는 이누이트 나라로 갈 많은 이유가 있어요. 그들과 관계된 일이 곧 내가 해야 할 일이니까."

마리 알릭스가 말했다.

울릭은 마리 알릭스가 북극 옷을 입고 소형 비행기에서 내리는 장면을 상상했다. 그녀가 스케이트를 타고 울릭이 사는 마을로 오면, 그는 나바라나바와 함께 마중을 나갈 것이다. 악수를 하거나 볼 키스를 주고받으며 인사를 나누고 셋이 함께 연기가 피어오르는 어두운 이글루 안으로 들어갈 것이다.

"내가 당신을 만나러 북극에 가는 게 싫어요?"

"아니요."

"그래요? 그럼 그 표정은 뭐지요?"

울릭은 춥고 연기로 가득 찬 이글루가 싫었다. 카블루나 나라에 도착한 날 저녁, 호텔에서 처음 맛본 온욕을 포기하고 싶지도 않았다. 마리 알릭스나 플로랑스, 줄리엣, 토마스와 더 많은 대화를 나누고 싶었고 보다 다양한 부류의 사람들과 만나 교류하고 싶었다. 순간 울릭은 두려움을 느꼈다. 원하는 것이 분명해지자 이누이트 나라로 돌아가지 못할지도 모른다는 불길한 예감이 들었다. 마리 알릭스가 알면 걱정할 게 뻔했다. 울릭은 조금 전의 생각을 머릿속에서 지우기 위해 노력했다.

"내가 떠나면 당신은 다시 혼자가 되겠지요?"

"이누크 남자는 참 친절하기도 해요."

마리 알릭스가 울릭을 껴안으며 말했다.

"그래도 괜찮아요. 난 혼자에 익숙하니까. 당신이 오기 전에도 혼자였어요. 그러니까 당신이 떠나고 다시 혼자가 된들 이상할 건 없어요. 잠깐 우울하겠지만 심각하지는 않을 거예요."

"샤를르와는 어떠세요?"

"아, 샤를르! 당신을 만난 이후로 그가 꽃다발 공세를 펼치기 시작했어요. 언제까지 계속될지는 두고 봐야 알겠죠."

"그가 돌아오길 바라세요?"

"글쎄요. 그가 돌아오면 아이들에게 좋겠다는 생각은 해요."

그들은 잠시 침묵을 지켰다. 샤를르가 돌아오면 분명 가족 모두에게 좋았다. 하지만 울릭은 아니었다. 그는 마리 알릭스가 다른 남자와 사랑을 나눈다는 생각만으로도 불쾌했다.

"심각한 문제가 하나 있기는 해요."

마리 알릭스가 말했다.

"샤를르하고요?"

"네. 그런데 이상하죠? 당신이 그를 샤를르라고 부르는 게 재미있어요. 처음에는 나도 그를 샤를르라고 불렀는데……
샤를르를 보면 할아버지 생각이 났죠."

"샤를르와의 문제는 뭔데요?"

"뭐랄까, 다 타버린 느낌이에요."

"탔어요? 뭐가요?"

"내가 샤를르를 더는 사랑하지 않는 것 같아요. 그는 다시 다정한 사람이 되었지만, 이번에는 내 마음이 식은 거죠. 그래서 재결합은 힘들 거예요."

마리 알릭스의 말과 아드린느의 말 사이에는 공통점이 있었다. 사랑하지 않는 남자와 사느니 차라리 혼자 사는 게 낫다는 생각.

도시에는 혼자 사는 사람이 많았다. 절반은 여자였고, 절반은 남자였다. 이 절반의 여자들 중에는 언제 올지 모르는 백마 탄 왕자님을 기다리는 사람도 있었고, 아드린느처럼 삶에서 남자를 내쫓은 사람도 있었다. 얼핏 달라 보이지만 둘 다 고독을 담보로 한다는 점에서는 같다고, 울릭은 생각했다.

38

울릭은 섬을 너무 오래 떠나 있었다는 생각을 했다. 석유탐사기지의 통역사 쿠아난비사자크가 말한 것처럼 그는 남극 이누이트를 닮아갔다. 추장은 처음부터 그를 탐탁지 않게 여겼다. 총을 사용하지 않고는 사냥하지 못하는 남극 이누이트를 카블루나와 타협한 무능한 무리로 간주했다.

울릭과 쿠아난비사자크는 사람들의 눈을 피해서 해안가 바위 뒤에서 만났다. 첫날에는 둘 다 말이 적었다.

"고집이 대단한 추장이더군요."

쿠아난비사자크가 말했다.

"네, 그래서 추장이 되었죠."

울릭이 대답했다.

두 사람은 한동안 말없이 바다를 감상했다. 조만간 바다가 얼음으로 뒤덮이고 바다표범 사냥이 시작될 터였다.

그들은 천천히 서로를 알아갔다. 울릭은 남쪽 이누이트의 삶이 카블루나의 생활 방식을 받아들이고 어떻게 변했는지 궁금했고, 쿠아난비사자크는 울릭의 부족이 조상 대대로 물려받은 낡은 방식만으로 어떻게 이렇게 척박한 섬에서 생존할 수 있었는지 궁금했다. 두 사람은 나이가 비슷해서 궁금한 점을 스스럼없이 서로에게 물었다.

"우리는 카블루나와 비슷하게 살아요. 난방이 되는 집에서 살고, 집 안을 카블루나가 만든 물건으로 채우지요. 악기를 연주하지 않아도 음악을 들을 수 있고, 불을 지피지 않아도 조리할 수 있는 그런 물건들로요. 사냥으로 식량을 구하지도 않습니다. 기지에 카블루나 상점이 있어서 거기서 생필품을 구입하죠. 혹시 먹고 싶은 게 있으면 말씀하세요. 몇 개 가져다드릴게요. 여하튼 남자들은 사는 게 재미없어졌어요. 카블루나 여자들이 모피 불매운동을 벌여서 더는 털가죽을 팔아 생계를 유지할 수 없었죠. 아이들은 학교에 가서 글을 배웁니다. 당신과 내가 배운 카블루나 언어를요."

"사냥을 안 하면 남자들은 뭘 합니까?"

"굉장히 중요한 질문입니다. 남자들은 사냥 대신 취업 준비를 시작했어요. 카블루나처럼요. 그런데 취직을 하는 경우가 드물어요. 전부 카블루나가 만든 일이라서 우리한텐, 특히 남자들한테는 더더욱 어렵거든요. 그래서 남자들은 옛날로 돌아가고 싶어 해요. 그래봤자 이전처럼 살 수도 없지만요. 결국 남자들은 무료함을 달래려고 술을 마시기 시작했습니다."

알코올중독은 이누이트에게 큰 문제가 되고 있었다.

"여자들은요?"

울릭이 물었다.

"여자들은 그래도 형편이 좀 낫습니다. 사냥꾼으로 살지 못하는 남자들과 달리 계속 어머니로 살 수 있으니까요. 남자들에 비하면 큰 변화가 없는 셈이지요. 게다가 여자들은 꼼꼼해서 카블루나가 만든 일을 잘합니다."

39

울릭은 엘리베이터에서 샤를르와 마주쳤다.

"마리 알릭스는 집에 없어요."

울릭이 말했다.

"아!"

샤를르는 낙담한 표정으로 손목시계를 들여다보았다.

"카페에 가는 길인데 같이 가시겠어요?"

울릭이 물었다. 두 사람은 아파트 맞은편의 테라스 카페로
갔다.

"잘 지내고 계십니까?"

샤를르가 물었다.

"네, 덕분에요."

울릭이 대답했다.

"토마스가 당신을 꽤 좋아하는 모양이더군요."

샤를르가 아들 이야기를 꺼냈다.

"줄리엣은 이제 다 큰 거 같고."

그는 예측 불가능한 딸의 성격을 그렇게 표현했다.

커피를 마시는 샤를르의 얼굴은 우수에 젖어 있었다. 울릭은 아침 햇살에 밝게 빛나는 샤를르의 머리카락을 유심히 바라보았다. 그는 카블루나 사이에서 유행인 강아지 무늬의 넥타이를 맸고 소매에 상아 단추가 달린 셔츠 차림이었다.

"마리 알릭스와 이혼한 이유를 물어봐도 될까요?"

그가 꾸뻬 박사와의 대화를 떠올리며 물었다.

"멍청한 짓이었지요."

어깨를 들썩이며 샤를르가 대답했다.

꾸뻬 박사는 샤를르가 사랑받고, 존중받고 있다는 느낌을 받기 위해 젊은 여자와 만났을 거라고 말했다.

"뭔가 새로운 자극이 필요했고, 젊어지고 싶었어요. 지금은 이렇게 말하지만, 그 시절에는 그걸 사랑이라고 믿었습니다."

커피가 떨어졌다. 두 번째 잔을 주문하며, 울릭은 아침부터 바에서 술을 마시는 여느 카블루나처럼 화이트 와인을 주문하는 것이 격식에 맞을지 속으로 물었다.

"문제는 열정이 사라진 뒤에도 모두가 친밀한 관계를 유지하지는 않는다는 거였습니다. 친밀감은 열정에서 나오는 게 아니니까요."

보아하니 샤를르의 연인은 울릭과 나이가 비슷한 듯했다.

"지금은 뭐랄까? 그녀가 나를 무시하는 기분이 들어요. 처음에는 좋았어요. 같이 있으면 젊어진 기분이 들었으니까. 그런데 지금은 반대예요. 내가 얼마나 늙었는지 자꾸 깨닫게 되거든요. 젊은 사람을 곁에 둔다고 진짜 젊어지는 건 아니더군요."

그가 말을 멈추고 커피로 목을 축였다.

"내가 왜 이런 얘기를 당신에게 하는지 모르겠군요. 어쨌거나 당신은 내 아내의 애인인데."

"나클리크가 필요해서겠지요."

울릭이 말했다.

"나클리크라고요?"

울릭이 단어의 뜻을 설명하자 분위기가 훨씬 편해졌다.

"그렇군요…… 그런데 하나 물어봐도 될까요? 울릭, 언제 여길 떠나지요?"

모두가 울릭이 언제 카블루나 나라를 떠날지 궁금해했다. 울릭은 이것이 일종의 계시라고 생각했다.

"아마도 곧."

"이누이트가 말하는 곧은 언제를 뜻하는 거죠?"

"이누크지 이누이트가 아닙니다."

"이누이트 남자가 아니었나요?"

"이누크는 단수고 이누이트는 복수입니다. 그래서 이런 경우에는 이누크라고 해야 합니다."

매우 쓸모 있는 지적이었다. 울릭은 긴장된 분위기가 조성되면 곧바로 그가 이누크 남자라는 사실을 상기시킬 생각이었다.

"그렇군요. 오해는 마십시오. 당신을 쫓아내고 싶어서 물어본 건 아니니까. 그런데 출국 날이 정말 정해진 게 아닙니까?"

"저는 부족 대표로 이곳에 왔습니다."

"그건 나도 압니다. 그런데 언제까지요?"

"영화가 완성될 때까지 기다려야 해요. 저와 저의 부족을 위해 최대한 많은 돈을 벌어 가야 하거든요. 말하자면 사냥을 떠나온 건데 이렇게 멀리까지 와서 빈손으로 돌아갈 수는 없지 않겠습니까?"

샤를르가 고개를 끄덕였다.

"물론 그래야겠죠. 아무 성과 없이 돌아갈 수는 없을 테니까."

"맞습니다."

"그러면 이곳을 떠난 뒤에도 회사가 계속해서 돈을 지불할 수 있게 계약을 하세요."

"어떻게요? 그게 가능합니까?"

"커피를 마신 보람이 있는 것 같군요. 계약서를 좀 볼 수 있을까요?"

40

울릭은 토마스를 데리고 동물원에 갔다.

북극곰은 울릭과 토마스가 가까이 다가가도 신경 쓰지 않았다. 그런데도 울릭은 곰이 그를 주시하고 있다는 느낌을 받았다.

"울릭, 울릭이 죽인 곰도 저렇게 컸어요?"

"응."

사실 그가 죽인 곰은 동물원의 곰보다 훨씬 컸다. 하지만 울릭은 허세를 부리고 싶지 않았다. 자만과 허세는 사냥꾼에게 극약이었다.

북극곰 한 마리가 눈을 뜨고 울릭을 쳐다보았다.

"곰이 울릭을 보고 있어요!"

토마스가 소리쳤다.

그의 말대로 곰은 울릭에게 시선을 고정한 채 한동안 움직이지 않았다. 하지만 오래는 아니었다. 얼마 후, 나누크의 영이 둘 사이의 거리를 비웃듯 바위에 머리를 기대고 잠이 들었다.

"곰이 울릭을 봤어요! 곰이 울릭을 봤어요!"

"우리밖에 없었어. 그러니까 나를 본 건 대단한 게 아니야."

울릭이 토마스를 진정시켰다.

"아니요, 그렇지 않아요. 곰이 울릭을 본 건 사냥꾼이란 걸 알아서예요."

토마스의 말이 맞는지도 몰랐다. 그렇다면 돌아갈 시간이 되었다는 신호였다. 울릭은 잔뜩 흥분해서 춤을 추는 아이를 보고 작별의 시간이 다가왔음을 직감했다.

며칠 후 플로랑스가 울릭을 찾아왔다. 광고를 찍기 위해서였다. 그녀가 말했다.

"울릭, 샤를르가 당신을 지켜줬어요. 초상권도 보호해줬고 그 밖의 일도 전부 당신한테 유리하게 처리해줬죠. 곧 많은 돈을 받을 거예요. 회사가 다시 검토해보기는 하겠지만 계약 기간이 끝나기 전까지 정기적으로 들어오는 돈도 꽤 많을 거예요."

"잘되면 좋겠군요."

"이 돈으로 뭘 할 생각이지요?"

그녀가 물었다.

울릭은 '부족과 공평히 나눌 겁니다'라고 대답할 생각이었다. 그런데 곧 마음이 생각과 다르다는 사실을 알았다. 그는 먼 곳까지 와서 힘들게 번 돈을 다른 사람에게 나눠주고 싶지 않았다. 그 자신과 나바라나바, 그리고 앞으로 태어날 아이를 위해 저축하고 싶었다. 울릭은 당혹감을 느꼈다. 몸만 이곳에 있었던 것이 아니라 어느새 그는 카블루나처럼 생각하고, 카블루나처럼 말하고, 카블루나처럼 행동하고 있었다.

스튜디오에 도착했을 때는 준비가 이미 끝난 상태였다. 예술 감독이라는 여자의 지휘 아래 팀원 모두가 일사불란하게 움직였다. 예술 감독은 미인에 속했지만, 검은색 옷 때문인지 카블루나 동화책에 나오는 마녀처럼 성격이 나빠 보였다.

"조련사만 오면 돼요."

예술 감독이 말했다.

"조련사라고요?"

"네, 곰이 있으니까 당연히 조련사도 있겠죠. 안 그래요?"

"곰이라고요?"

울릭은 플로랑스로부터 곰과 같이 사진을 찍는다는 말은 전해듣지 못했다.

"안 돼요. 난 못 해요."

울릭이 말했다.

"걱정하지 말아요. 잘 훈련된 곰이니까."

조련사가 말했다.

"설마 무서운 건 아니죠?"

예술 감독이 짜증 섞인 표정으로 물었다.

울릭은 북극곰의 영을 모독했다. 그런 그가 스튜디오처럼 사방이 막힌 공간에서 북극곰과 사진을 찍어야 했다. 맨몸으로 불구덩이에 뛰어드는 것과 같은 상황이었다.

플로랑스가 울릭을 설득하기 위해 사무실로 데려갔다.

"울릭, 아무 일도 일어나지 않을 거예요. 내가 보증해요. 곰을 다룰 사람은 전문 조련사예요. 오늘 함께 일할 곰도 광고를 찍은 경험이 있는 프로고요."

카블루나에게는 문제될 점이 없었다. 하지만 울릭은 아니었다. 그는 플로랑스가 모르는 전혀 다른 세계에서 온 사람이었다. 그렇다고 일일이 설명할 수는 없었다. 나누크의 영이라니! 분명 미쳤다고 생각할 것이었다. 온갖 노력에도 말이 통하지 않자 플로랑스는 끝내 울먹이며 애원했다.

"대표님이 노발대발하실 거예요. 화가 나서 계약을 파기하겠다고 하면 나는 그 책임을 져야 해요. 울릭, 이렇게 부탁해요. 여기서 그만두면 안 돼요."

갑자기 소녀가 된 듯한 플로랑스의 눈가에 눈물이 맺혔다. 울릭은 여자를 궁지에 내몰 수도 부족을 버릴 수도 없었다. 결국 그는 자기 자신과 싸우기로 했다. 필요하다면 나누크의 영과도 싸워야 했다.

"걱정 마세요. 이 녀석은 진짜 촬영에 익숙해요."

조련사가 말했다. 수염을 기른 모습이 곰과 비슷했다.

울릭이 스튜디오 중앙의 조명 아래 서자 조련사가 곰의 목줄을 잡고 스튜디오를 한 바퀴 돌았다. 곰은 그러든 말든 관심이 없어 보였다. 태평하게 뒷발로 앉아서 조련사의 어깨에 머리를 얹기까지 했다.

곰은 암컷이었고, 이름은 울라였다. 조련사는 울라가 사육장에서 태어나 새끼 때부터 훈련을 받아서 얌전하다며 울릭을 안심시켰다. 촬영 전에 충분히 먹이를 줘서 위험한 일도 없을 거라고 거듭 강조했다. 그는 유피크가 사는 지역에 다녀온 경험이 있었다. 유피크는 이누이트의 친척으로 알래스카 북부에 살았다. 울라의 부모도 그곳 출신이었다.

사실 울릭이 두려웠던 것은 울라가 아니라 나누크의 영이
었다. 울라가 북극곰의 영에 사로잡혀서 그를 벌할까봐 무서
웠다. 그런데 그런 그와 달리 카블루나들은 눈앞의 살아 있는
곰을 덩치 큰 인형 정도로만 생각했다.

울릭은 나누크에게 침묵의 기도를 올렸다. '용서해주세요,
만약 나를 벌할 거면 나중에 벌해주세요. 우리와는 무관한 이
사람들 앞에서가 아니라.'

기도를 마친 뒤, 울릭은 울라 옆에서 포즈를 취했다. 웃으
라는 사진사의 요구가 있었지만, 그의 요구가 실현되기까지
는 적지 않은 시간이 걸렸다.

조련사는 사진사의 요구가 있을 때마다 촬영장 안으로 들
어와 울라의 자세를 바꾸었다. 울릭도 사진사의 요구에 따라
이런저런 포즈를 취했다. 북극의 두 피조물이 카블루나의 명
에 따라 움직이는 허수아비 신세가 되었다. 촬영이 진행되는
동안, 울릭은 자기와 같은 처지의 울라에게 동지애를 느꼈다.
그러자 나누크의 영도 더는 두렵게 느껴지지 않았다.

어느새 촬영이 막바지에 들어섰다. 사진사는 마지막 컷을
위해 새로운 포즈를 요구했다. 울라가 시들시들한 식물을 들
고 앉으면 울릭이 울라의 배에 등을 대고 앉는 자세였다.

"글쎄요. 가능할지 모르겠네요."

조련사가 말했다.

"잠깐이면 됩니다. 울라와 울릭이 가족처럼 보이기만 하면 돼요. 오랜 친구 같은 느낌도 괜찮고요. 아셨죠?"

사진사가 말했다.

"곰과 사냥꾼이 친구가 될 수 있나요?"

조련사가 고개를 갸웃거렸다.

"멋진 사진이 나올 거예요."

플로랑스가 나섰다.

"어디 한번 해봅시다. 혹시 모르니까 울라 곁은 내가 지키죠."

"그러세요. 배경은 어차피 지울 거니까 상관없습니다."

조련사의 말에 사진사가 대답했다.

"브라보! 정말 멋진 퍼포먼스가 될 거예요!"

플로랑스가 소리쳤다.

북극곰의 다리 사이에 앉을 사람은 울릭이었지만, 정작 그에게 의견을 묻는 사람은 없었다. 울릭과 울라는 포즈를 잡기 시작했다. 조련사의 지시에 따라 울라가 먼저 뒷다리를 벌리고 아기처럼 포동포동한 엉덩이를 바닥에 대고 앉았다.

"서둘러요."

조련사가 울릭에게 속삭였다.

울릭과 울라의 눈이 마주쳤다. 울릭은 심호흡을 하고 곰의 눈치를 살폈다. 촬영을 거부하면 어떤 일이 벌어질지 상상도 해보았다. '맞아, 곰이 나를 죽이고 싶었다면 벌써 죽였을 거야. 여태 기다렸을 리가 없어.' 그가 생각했다.

마침내 그가 울라의 푹신한 털에 등을 기대고 앉았다. 곧이어 카메라 셔터를 누르는 소리가 연속해서 들려왔다. 촬영을 지켜보던 사람들은 어린아이처럼 눈을 반짝였다. 회사가 옳았다. 북극곰과 이누크, 아무도 거부할 수 없는 조합이었다.

"모두 수고하셨습니다."

사진사가 소리쳤다. 그런데 예상치 못한 일이 벌어졌다. 울라가 고개를 숙이고 울릭을 껴안았다. 사람들이 울릭을 빼내기 위해 우르르 달려들었다. 울릭은 포효하는 짐승의 품에서 이누이트 나라로 되돌아간 기분이었다. 울라는 한바탕 소란을 일으키고 나서야 몸을 일으켰다.

촬영이 끝나고 무사히 일을 마친 기념으로 티타임을 가질 때였다. 조련사가 다가와 고백했다.

"울라가 이러는 건 정말 처음 봤어요."

41

울릭은 슬펐다. 언제 떠날 거냐는 사람들의 질문이 꽁꽁 얼어서 더는 오를 수 없는 산처럼 여겨졌다. 결정을 되돌리기에도 이미 너무 멀리 와 있었다.

마리 알릭스의 마음도 울릭과 같았다. 그녀는 묻지 않았지만, 때로는 침묵이 말보다 많은 것을 설명했다. 그가 카블루나 나라에 조금 더 머물겠다고 하면 마리 알릭스는 분명 좋아할 것이었다. 석유회사 역시 울릭을 파트너로 삼고 싶어 했으니 체류비를 걱정할 필요도 없었다. 그는 카블루나 언어를 자유자재로 구사했고 적이 생길 정도로 유명해졌다. 울릭은 체류 기간을 연장하고 마리 알릭스와 유럽 여러 나라로 여행을 떠날까 생각했다. 그러자 머리가 아찔해지며 입가에 미소가 번졌다.

그러나 기쁨은 오래가지 않았다. 머릿속을 떠나지 않는 나바라나바 생각 때문이었다. 카블루나 나라에 머무는 시간이 길어질수록 이누이트 나라로 돌아갈 확률이 낮아졌다.

한편, 마리 알릭스를 두고 갈 생각에 그는 마음이 무거웠다. 매일 아침 아이들에 둘러싸여 주방에서 바삐 움직이는 그녀를 보면 마음이 아팠다. 마리 알릭스의 가족은 이제 그에게 피붙이처럼 애틋했다. 특별한 이유는 없었다. 줄리엣이 그로 인해 웃기 시작했다는 것, 혹은 놀러 온 친구들에게 잊지 않고 소개하기 시작했다는 것⋯⋯.

언젠가 그가 줄리엣의 친구들에게 미래를 약속해준 남자친구가 있는지 물었다. 소녀들은 깔깔대며 웃었고 예상 밖의 반응에 울릭은 당황했다.

"울릭, 애들이 원래 이래요. 이상한 질문은 아니었으니까 걱정 마세요."

"그래? 아닌 것 같은데."

"맞아요, 이상한 질문이었어요. 우리나라에서는 아무도 그렇게 안 물어봐요."

"아, 웃겨! 미래를 약속해준 남자래!"

키가 작은 갈색 머리 소녀가 폭소를 터뜨렸다.

모두 다 놀릴 마음은 없었다며 사과했지만 울릭은 바보가 된 기분이었다. 소녀들의 말에 따르면 카블루나 나라에서는 남자가 아닌 여자가 미래를 함께할 배우자를 선택했다. 남자든 여자든 부모님이 정해주는 사람을 배우자로 맞이하는 이누이트와 완전히 다른 모습이었다. 여전히 이해받지 못할 이상한 질문이었지만 울릭은 용기를 내어 소녀들에게 또 다른 질문을 했다.

"그럼, 마음에 드는 사람이 나타나면 그때는 결혼할 거니?"

"글쎄요. 그래도 결혼은 늦게 하고 싶어요. 결혼 전에 하고 싶은 일이 많거든요."

"맞아요. 공부도 더 해야 하고요."

"그런데 진짜 괜찮은 남자가 나타나면 난 다시 생각해볼 거 같아."

"맞아. 나도 십 년 후쯤에는 결혼에 대해 진지하게 생각해볼 것 같아."

어떤 남편감을 원하는지 묻는 울릭의 질문에 소녀들은 잠시 생각에 잠겼지만 결국 텔레비전에서 본 여자들과 같은 대답을 했다. 남자다운 남자, 이해심 있는 남자, 능력 있는 남자, 아이를 잘 봐주는 남자, 잘생긴 남자, 똑똑한 남자, 성격이 좋은 남자…… 울릭은 한숨이 나왔다. 조건이 어마어마했다. 그런 남자가 과연 세상에 존재하는지 의문마저 들었다. 울릭은 그가 카블루나가 아닌 이누이트 남자라는 사실에 새삼 인도감을 느꼈다.

42

마리 알릭스는 울릭의 고국 귀환을 담담하게 받아들였다.

"당신은 잘 모르겠지만, 우리 카블루나 여자들은 혼자 사는 것에 익숙해요. 가끔은 혼자서 쉴 수 있어서 다행이라고 생각할 만큼 할 일도 많고요."

마리 알릭스가 웃으며 말했다.

울릭은 그녀의 말이 이해되었다. 언젠가 여성잡지에서 읽은 기사가 기억난 까닭이었다. 카블루나 여자들은 바깥일 외에도 이누이트 여자처럼 육아와 집안일까지 도맡았다.

"외로움에 대해서도 과장된 면이 있는 것 같아요. 사실 여자보다는 남자가 외로움을 더 잘 타요. 게다가 나는 고독을 불행이라고 생각하지 않아요. 가끔은 고독도 즐길 만하거든요."

마리 알릭스가 말했다.

"나는 고독 속에서 비밀스러운 감미로움을 발견한다!"

울릭이 책에서 본 문장을 읊었다.

"네?"

"「어느 무감인의 꿈」, 라퐁텐의 우화예요."

"놀랍네요. 나도 모르는 건데 어떻게 알지요? 어떤 내용인지 얘기해주겠어요?"

"감히 말하지만, 나는 이곳에서 보내는 은둔자의 삶을 사랑한다. 고독은 자신의 연인들에게 걱정 대신 평화를 선물한다. 가장 낮은 곳에서 태어났지만 무엇보다 순수하고 천상의 것에 속하는 고독 속에서 나는 비밀스러운 감미로움을 발견한다……."

"울릭, 멋져요!"

마리 알릭스가 그를 껴안았다.

울릭은 샤를르와 몇 차례에 걸쳐 차를 마셨다. 그때마다 샤를르는 계약이 그와 그의 부족에게 유리한 방향으로 체결될 수 있도록 도왔다. 울릭은 고마운 마음을 표시하기 위해 그에게 일각고래 뿔을 선물했다.

"이걸로 소매에 달 단추를 만들 수 있겠군요!"

울릭의 마음을 읽은 듯, 그가 선물을 받아들고 어린애처럼 좋아했다.

"네, 액세서리를 만들어서 주면 여자들도 좋아할 겁니다."

"그렇군요. 그런데 누가 내 선물을 받아줄까요? 그게 문제로군요."

며칠 후, 아파트에 들어서는데 마리 알릭스의 목소리가 들렸다. 그녀는 샤를르와 대화를 나누고 있었다. 울릭을 보고 둘 다 입을 다물었지만, 다투는 눈치는 아니었다. 마리 알릭스는 샤를르와의 대화에 종지부를 찍으며 이렇게 말했다.

"얼렁뚱땅 넘어갈 생각은 마."

43

울릭과 울라의 사진이 도시 곳곳을 뒤덮었다. 벽마다 광고 포스터가 붙고, 촬영 현장을 담은 사진이 일간지에 실렸다. 텔레비전에 광고도 실렸다. 울릭과 울라가 포즈를 잡는 장면, 활짝 웃는 울릭의 얼굴(이 장면은 긴장감이 사라진 뒤 찍은 것이다), 공을 차며 노는 울라의 모습이 담긴 영상이었다. 슬로건도 있었다.

'울릭과 울라, 우리는 이들을 생각합니다. 그것이 우리 모두를 위한 길임을 알기 때문입니다.'

마리 알릭스는 울릭과 계약한 석유회사의 경쟁사가 오래전 호랑이를 데리고 같은 종류의 캠페인을 벌였다고 말했다. 자사의 주유소 이용을 장려하고, 휘발유 소비를 극대화하기 위해서였다.

"이번 캠페인은 반향이 훨씬 커요. 보다 근본적인 문제를 다뤘으니까. 아마 석유회사의 이미지 전환에도 큰 도움이 될 거예요."

"전에는 이미지가 안 좋았나요?"

울릭의 질문에 마리 알릭스는 알래스카, 남아메리카, 아프리카의 기름으로 오염된 바다와 오존층 파괴를 예로 들면서 지나친 석유 소비가 지구온난화를 가져왔다고 설명했다.

울릭은 해마다 빙산이 줄어드는 광경을 실제로 목격했지만, 마리 알릭스처럼 자동차를 몰고 일터로 향하는 수백만의 사람들이 환경 변화에 영향을 끼친다고는 상상도 못 했다. 사실이라면 환경을 생각해서라도 자가용 사용을 자제해야 했다. 하지만 캠페인 광고가 나간 주를 시작으로 사인을 해 달라는 사람이 많아져서 울릭은 대중교통을 이용할 수 없었다. 석유회사가 마련해준 호텔 객실에는 매일 새로운 꽃과 우편물이 배달되었고 울릭은 호텔을 사냥 기지처럼 드나들며 인기를 실감했다.

울릭 앞으로 온 편지는 플로랑스와 마리 알릭스가 개봉했다. 대부분은 청소년들이 보낸 편지였는데, 동봉한 울릭과 울라의 사진에 사인을 해달라는 부탁이 많았다. 울릭은 매일 아침 두 시간을 할애해 아이들의 편지에 답하고 사인을 했다. 이따금 다른 연령대가 보낸 편지도 눈에 띄었다. 그들은 감동적인 인생사를 적어 보내주는가 하면, 만남을 요구하는 경우도 있었다. 어린이들은 울릭과 울라의 그림을 그려서 보냈다. 개중에는 에스키모와 북극곰이 있는 나라로 데려가 달라는 부탁도 있었다. 이렇듯 다양한 연령대가 다양한 내용의 편지를 보냈지만, 마지막에는 항상 울릭과 울라의 사진을 보고 행복했다며 고맙다는 말이 적혀 있었다.

플로랑스는 테이블 위에 수북이 쌓인 편지를 개봉하며 즐거운 비명을 질렀다.

"방송국에 문의가 쇄도한대요. 울릭과 울라의 영상이 언제 나오는지 묻는 사람이 너무 많아서 다들 쉴 틈이 없다고 난리예요."

사실이었다. 방송국 직원들은 쉴 새 없이 걸려오는 문의 전화를 받느라 애를 먹고 있었다. 하지만 인생이 늘 그렇듯 긍정적인 면만 있지는 않았다. 많지는 않았지만 지나치게 공격적인 내용의 편지들도 있었다. 플로랑스는 처음에 이런 내용의 편지를 울릭에게 보여주지 않았다. 하지만 곧 그녀와 다른 마리 알릭스의 의견에 동의했다.

부정적인 편지의 내용은 주로 다음과 같았다.

텔레반 정권이라면 여성에 대한 당신의 편견에 동의할
겁니다. 물론 털북숭이 원숭이들도 매우 좋아하겠죠. 그
런데 궁금하네요. 어쩜 그렇게 순진한 얼굴로 남성우월주
의를 세상 여자들에게 주입하려 들 수 있죠?

세계적 망신이다. 석유회사에 자기 자신을 판 당신은
이누이트의 수치다. 인류를 위해 감히 말하지만 당신은
울라의 털 위에 묻은 더러운 석유 얼룩일 뿐이다.

우리는 에스키모와 인디언, 피그미가 지긋지긋하다. 착
한 척, 잘난 척하는 야만인들이 역겹다. 당신들이 민족의
지혜라고 떠벌리는 것들을 모두 갖고 지구 밖으로 사라져
라. 그리고 다시는 돌아오지 마라. 크레바스 속으로 뛰어
들어도 좋다.

당신이 실종된 내 아들이라는 사실을 알았어요. 텔레비
전을 보며 확신이 들었어요. 필립, 이제 돌아와. 엄마를
이렇게 혼자 두지 마.

이것 보세요, 아저씨. 당신이 방송에 나와서 한 그 대단한 이야기를 듣고 몇 자 적습니다. 우리나라가 병들었다고요? 그래서 이누이트의 가르침이 필요하다고요? 이누이트가 남녀의 본질에 대해 도대체 뭘 안다는 거죠?

울릭과 울라, 나는 그들에 대해 다르게 생각한다. 그들은 돈을 벌기 위해 이곳에 왔다. 차라리 울라에게 자전거 타는 법을 가르쳐라. 그러면 적어도 환경을 오염시키지는 않을 테니까.

이누이트 여자들이 성적으로 정말 그렇게 자유롭소? 나는 이 년 전 정년퇴직을 했고 앞으로 새로운 문화를 배우며 여생을 보낼 생각이오. 그래서 당신의 나라에 가서 살고 싶소. 가능할지 알아봐주시오. 어떤 여행사가 좋은지 추천도 해주면 더욱 고맙겠소.

브라보 울릭! 여자들에게 멋지게 한 방을 날렸네요. 이젠 여자들이 아무 말 못 하겠죠. 속이 후련합니다. 세상 모든 사나이의 이름으로 만세, 만만세, 울릭!

당신이 텔레비전에 나와서 한 말들은 죄다 여성이 염소처럼 대접받는 나라에서나 존중받을 수 있어. 세상이 어떻게 돌아가고 있는지 눈이 있다면 한번 보라고! 야만인처럼 굴지 말고 돼지 같은 유네스코에서 무슨 일이 일어나고 있는지 보란 말이야. 마초 에스키모 선생, 당신에게 브라보를 외칠 사람은 세상에 없어!

어떤 내용은 그냥 웃어넘길 수 있었다. 하지만 그가 석유회사에 자기를 팔았다며 비난의 말을 서슴지 않는 편지는 그럴 수가 없었다.

울릭은 꾸뻬 박사를 만날 시간이 되었다고 생각했다.

44

꾸뻬 박사는 지난번 만났을 때보다 힘이 넘쳐 보였다. 전화
로 목소리만 들었지 한 번도 본 적 없는 여자와의 고통스러운
기억에서 벗어난 듯했다. 아니면 그녀가 다시 돌아온 것일지
도 몰랐다.

꾸뻬 박사는 울릭이 가져온 편지를 주의 깊게 읽었다.

"음, 알겠습니다. 너무 걱정하지 않아도 될 것 같군요. 몇몇
여성이 당신을 비난하는 건 정상입니다."

"어째서요? 저는 나쁜 의도로 말한 게 아니었어요."

"물론 그렇겠죠. 하지만 논쟁을 피해갈 수는 없습니다."

울릭은 불필요한 논쟁에 휩싸이지 않으려고 늘 주의 깊게
행동했다. 이길 수 있는 싸움도 마찬가지였다. 이누이트 부족

처럼 소규모 공동체 안에서 평생을 사는 경우에는 마을 사람들과 사이좋게 지내는 편이 여러모로 이로웠다. 그런데 그런 그가 누군지도 모르는 수천 수백 명의 여자와 전쟁을 치르게 되었다. 울릭은 이 예기치 못한 전쟁에 두려움을 느꼈다.

"마지막 편지를 좀 볼까요? 편지를 보낸 사람이 화가 날 대로 났네요. 그런데 여기서 꼭 짚고 넘어가야 할 것이 하나 있습니다. 그건 바로 편지가 사실을 말하고 있다는 겁니다. 여성의 인권이 보장되지 않은 나라가 세상에는 아직 많습니다."

"이누이트 나라는 그렇지 않아요. 잘 아시지 않습니까?"

"물론입니다. 하지만 세상에는 아직도 여성을 비인간적으로 대하는 나라가 많아요."

꾸뻬 박사는 울릭에게 강제 결혼과 여성 할례, 여성의 교육 및 외출을 금하는 풍습, 명예 살인 등에 관해 설명했다.

"그런 일이 진짜 일어납니까? 전부 처음 듣습니다."

"그럴 겁니다. 하지만 전부 사실이고, 이것은 일종의 전쟁입니다. 세상에는 너그러운 사람도 많지만 그렇지 않은 사람도 많습니다. 경우에 따라 다르지만 의견이 다른 사람을 적으로 모는 편이 훨씬 편하거든요. 남녀의 역할이 다르다고 말한 순간, 당신은 이미 수많은 이에게 선전포고를 한 겁니다. 비난받을 각오를 하셔야 해요."

울릭은 마음이 울적해졌다. 카블루나의 세상이 너무 복잡해서 이누이트 나라로 돌아가고 싶었다.

"그런데 여기 이 마초는 뭡니까? 무슨 뜻이지요?"

"음, 마초란……."

꾸뻬 박사가 대답을 망설였다.

"…… 한물간 남성상이라고 해두죠."

꾸뻬 박사의 설명에 의하면 마초는 에스파냐라는 나라에서 기원한 단어였다. 모르는 나라였지만, 울릭은 자기 자신에게도 마초적 기질이 있다는 생각이 들었다.

"어쨌든 마초가 유행하던 시기는 지났습니다. 요즘 여자들은 마초보다 이야기를 잘 들어주는 남자를 좋아해요. 직장에서 무슨 일이 있었는지 물어봐주고, 고민에 공감해주는 다정다감한 남자. 여자의 요구를 살피는 세심함을 지닌 남자. 여성을 존중하고, 집안일을 분담하는 가정적인 남자를요. 개인차가 있겠지만 서로 간에 말하기 곤란한 부분이나 시시콜콜한 부분까지 전부 털어놓을 수 있는 남자도 좋아합니다. 물론 여자들의 기대가 이게 다는 아닙니다."

45

늑대의 강,
퀘벡.

울릭에게

뜻밖의 편지에 너무 놀라지 않았기를 바랍니다. 얼마
전 나는 신문에서 당신에 관한 기사를 읽었습니다. 울라
와 당신이 함께 등장한 캠페인 광고도 보았습니다. 그리
고 당신이 누구인지 알았습니다.

나는 당신이 어릴 때 교류하던 트랑블레 대위의 누나입

니다. 당신이 살던 마을과 가까운 기상관측소에서 근무하
던 바로 그 트랑블레 말입니다.

집으로 돌아온 뒤 동생은 당신 얘기를 자주 했습니다.
매일 관측소를 찾아오는 당신에게 라퐁텐의 우화를 들려
주던 일이며, 카블루나 말을 가르쳐준 일, 그리고 우리나
라를 향한 당신의 무한한 관심에 관해서요.

트랑블레는 당신을 무척 좋아했습니다. 당신 또한 그러
했으리라고 생각합니다. 그래서 그가 밤낮없이 당신을 걱
정한 거라고요.

트랑블레는 당신을 데려오지 못한 것에 심한 죄책감을
느꼈습니다. 그곳에서 고아로 사는 시간이 얼마나 고달플
지 알았으니까요. 하지만 그는 당신이 이곳에서는 행복하
지 않을 거라고 믿었습니다. 당신과 같은 처지의 아이들
이 고향을 떠나서 어떻게 살았는지 수없이 봐왔기 때문입
니다. 나는 당신이 아직 어리지만 영리하다고 동생을 위
로했습니다. 필요한 경우 도움을 요청할 줄 아는 아이라
고요. 그래서 어떤 고난이 와도 극복할 거라고 했습니다.
그런데 얼마 전 신문과 텔레비전에서 당신을 발견한 겁니
다. 그때 얼마나 기쁘던지! 울릭, 훌륭한 청년으로 자라주
어 고맙습니다. 지금은 곁에 없지만, 동생도 무척 기뻐할

겁니다.

트랑블레는 십 년 전 파견을 나갔다가 실종되었습니다. 어떤 임무를 수행하다가 사라졌는지는 나도 모릅니다. 하지만 한 가지, 어린 시절 당신이 드나들던 기상관측소가 사실은 러시아의 해저 활동을 감시하는 북대서양조약기구의 비밀 레이더 기지였다는 점을 밝힙니다.

당신에게 편지를 써도 좋은지 처음에는 확신이 서지 않았습니다. 그래서 많이 망설였습니다. 동생의 실종 소식을 알리는 일이 저로서도 마음 아팠기 때문입니다. 하지만 잘했다는 생각이 듭니다. 나는 동생이 어딘가에서 잘 살고 있다고 생각합니다. 당당하게 자신의 운명을 개척하는 당신을 보고 나처럼 기뻐할 거라고 믿습니다.

내 동생 트랑블레, 그의 이름을 빌려 당신에게 우정 어린 마음을 보냅니다.

46

날이 갈수록 울릭은 술 마시는 횟수가 늘어났다. 대부분 식사에 곁들여 상세르(프랑스 화이트 와인)를 마셨지만, 언제부터인가 디저트가 도착하기도 전에 두 번째 병을 주문했다. 혼자 있을 때는 와인을 마시며 텔레비전을 봤고, 술병이 비워지면 기분이 좋았다. 하루는 마리 알릭스가 식사 도중 그런 그를 보고 이렇게 말했다.

"특별한 이누크가 이제는 술조차 자제하지 못하는 사람이 된 건가요?"

틀린 말은 아니었지만 울릭은 여자에게 그런 말을 들어서 화가 났다. 이누이트 여자라면 훨씬 더 사교적인 방식으로 말했을 것이다. 예를 들면 '재미있군요, 옛날에는 한 병으로 충분했는데 지금은 두 병이 필요하다니!'라고 말이다.

　그날도 울릭은 와인을 잔뜩 마시고 취해서 호텔을 나섰다. 늦은 시각에는 호텔 주변이 조용해서 걷기에 좋았다. 그는 기분 전환도 할 겸 산책 삼아 집까지 걸어가기로 했다.

　십여 분을 걸었을 때였다. 어디선가 고함 소리가 들려왔다. 휘파람 소리도 들렸다. 울릭은 소리가 시작되는 방향으로 고개를 돌렸다. 파란색 옷을 입은 세 명의 카블루나 청년이 깃발을 든 채 승리를 외치고 있었다. 전쟁에서 이긴 사람들처럼 모두 몹시 흥분한 얼굴이었다. 울릭은 산책을 방해받아서 기분이 상했다.

　"어, 저기 에스키모다!"

　울릭을 발견하고 누군가 소리쳤다.

　"어디? 오, 진짜 에스키모네!"

　청년들이 소리를 지르며 울릭을 둘러쌌다.

　"이야, 여기 에스키모가 있어!"

　한 청년이 울릭의 팔을 잡고 소리쳤다. 울릭은 그의 손을 뿌리쳤다.

　"어이, 에스키모, 너무 그러지 마!"

　"에스키모, 여길 보라니까. 싫어? 그럼 노래라도 해."

"못 들었어? 우리가 이겼다니까!"

또 다른 청년이 그의 등을 떠밀었다. 울릭은 비틀거렸다.

"뭐야, 왜 저래?"

"하하, 꼬락서니하고는."

누군가 다시 울릭의 팔을 붙잡았다. 울릭은 화를 참지 못하고 주먹을 휘둘렀다.

경찰이 생각보다 빨리 왔다. 고급 상점이 즐비한 거리라서 가능한 일이었다. 경찰차에 이어 구급차도 도착했다.

울릭은 경찰차의 뒷좌석에 앉아서 안개 속 풍경처럼 흐릿하게 들리는 대화에 귀를 기울였다.

"별일이야. 베트남 남자들은 원래 저러지 않잖아!"

"술에 취한 것 같아. 쯧쯧, 이기지도 못하면서 왜 저렇게 마셨대?"

"축구가 싫어서 그랬대."

"쉿, 아냐, 저 자식들이 먼저 화나게 했어."

"그런데 옷 꼴이 왜 저래?"

울릭을 두고 하는 말이었다.

울릭의 호주머니 안에서 누나부트(캐나다 북부의 준주로 이누이트에 의해 자치적으로 통치됨) 여권을 발견하고 경찰의 태도가 한결 부드러워졌다.

유치장 안은 비좁고 더러웠다.

울릭이 안으로 들어가자 악취가 심한 카블루나 노인이 호기심 어린 눈으로 그를 쳐다보았다.

"너 허몽(베트남 고원지대에 거주하는 소수민족)이지?"

그가 물었다.

"허몽이요?"

처음 듣는 단어였다.

"우린 클레어 강에 있었어. 진짜 전사들과 함께."

카블루나 노인은 계속해서 알 수 없는 말을 지껄였다. 쉰 목소리로 이상한 노래도 불렀다.

너는 라오스에서 싸웠지, 안남에서도 싸웠지.
전쟁은 이슬람의 땅보다 잔인했지.
죽은 자들이 어디서든 튀어 올랐지.
논이건 밭이건 삼각주이건……

울릭은 팔을 들고 손을 들여다보았다. 조금 전 응급실에서 봉합한 손가락이 욱신거렸다. 머리도 아팠다. 조용히 있고 싶었지만 카블루나 노인은 노래를 멈출 생각이 없어 보였다.

 …… 기수들의 영혼이 아직 이곳에 있네

 멀지 않은 롱스보에서

 뿔피리 소리가 들려온나네!

 쇠창살로 만들어진 문이 열리고 마리 알릭스가 경찰과 함께 나타났다.

 "가엾은 울릭."

 잃어버린 아들을 되찾은 듯 두 팔을 벌리며 마리 알릭스가 속삭였다. 울릭은 이누크의 자부심을 더는 느낄 수 없었다.

47

울릭에게

아드린느입니다. 기억하실지 모르겠습니다. 일전에 텔
레비전 프로그램에 같이 출연한 사람입니다. 보호해주려
던 당신의 호의를 무시한 바로 그 여자요. 그때는 정말 미
안했습니다. 아마 서로 잘 몰라서 그런 일이 일어난 것 같
습니다.

괜찮다면 언제 제 친구들과 같이 만나고 싶습니다. 모
두가 당신과 이야기를 나누고 싶어 합니다. 당신에게도
흥미로운 경험이 될 겁니다.

초대에 응해주시면 감사하겠습니다. 아래에 제 연락처

를 남깁니다.

　모임에는 십여 명의 카블루나 여자와 착해 보이는 카블루
나 남자가 참석했다. 마리 알릭스는 동석하지 않았다. 울릭이
키블루니 생활에 잘 적응한 덕분이었다.

　울릭은 장거리택시를 타고 이동하며 서서히 변화하는 도시
풍경을 감상했다. 마리 알릭스가 사는 지역에서 멀어질수록
거리는 카블루나가 아닌 허름한 옷차림의 외국인으로 붐볐
다. 모임 장소는 아드린느의 집이었다. 그녀의 집은 고층 아
파트의 꼭대기 층이었는데, 창밖을 내다보는 것만으로도 다
리가 후들거렸다. 뾰족한 공장 굴뚝에서 연기가 피어올랐고,
자동차들이 무서운 속도로 달리고 있었다.

　"울릭, 다시 만나서 반가워요. 꼭 한번 같이 이야기를 나누
고 싶었어요. 당신이 한 말도 맞지만, 우리 생각도 들려드리
고 싶었거든요."

　아드린느가 먼저 입을 열었다.

　"텔레비전을 보고 놀랐습니다. 정말 감동적이었어요. 존경
합니다."

　콧수염을 짧게 기른 카블루나 청년이 말했다. 그의 이름은
알렉스였다.

"감동이요?"

울릭이 반문했다. 그는 사냥을 해본 적도, 극한의 환경에 맞서본 적도 없었다. 그런데 감동이라니! 감동은 경험에서 비롯되는 것이었다.

"지구를 파괴하지 않고 사는 마지막 부족의 후예라니! 존경합니다."

이번에는 그도 동의했다. 알렉스의 말처럼 카블루나 문명의 유해성은 창밖 풍경이 이미 잘 설명하고 있었다.

"그래서 더 슬퍼요. 당신 같은 사람이 석유회사의 꼭두각시 노릇이나 하고 있으니까."

사미라라는 여자가 말했다. 머리카락과 눈동자 색이 모두 아몬드 빛깔이었다. 큰 키에 콧날도 오뚝해서 어디서든 눈에 띄는 타입이었지만, 그녀가 입은 옷은 따분하게 느껴질 정도로 수수했다.

"사미라, 대화가 비난으로 시작되어서는 안 돼. 우리는 재판관이 아니야."

"알아, 하지만 울릭도 알 건 알아야지."

아드린느의 지적에 그녀가 퉁명스러운 어투로 대꾸했다.

"오늘의 주제는 우리야, 여성. 울릭은 앞으로도 계속 방송을 탈 거야. 인터뷰 기사가 각종 신문과 잡지에도 실리겠지.

그래서 여성에 대한 우리의 생각을 알려줄 필요가 있어."

아드린느가 말했다.

"맞아, 내 의견도 같아."

까트린느라는 여자가 동의했다.

흐드러진 금빛에 이누이트 여자처럼 동그란 얼굴을 한 그녀는 눈빛은 밝았지만 무척 불안해 보였다. 사미라와 친한 사이 같았고, 소심해서 '맞아, 내 의견도 같아'라고 소리 내어 발음하기까지 상당한 노력이 필요해 보였다.

"좋아, 이번에는 마틸드가 말해봐."

아드린느가 군인처럼 머리카락을 짧게 자른 여자에게 말했다. 그녀는 목소리도 걸걸해서 씩씩한 소년처럼 보였다.

"우리는 성에 대한 낡은 관념이 여자들을 옥죄고 있다고 생각합니다. 수백만 년 전부터 여자들은 이런 폭력에 굴복해 거짓된 삶을 살았습니다. 그리고 이 폭력의 잔재는 아직 지구상 곳곳에 남아 있습니다. 그래서 우리가 뜻을 모아야 합니다. 폭력 앞에 무력한 모든 여성이 자유로워질 날까지 투쟁을 멈추지 말아야 합니다."

"어떤 식으로 싸워야 하는지 조금 더 구체적으로 말해봐."

아드린느가 말했다.

"자꾸 끼어들 거면 네가 해."

마틸드가 버럭 성을 냈다.

"아니야, 네가 해. 요점만 간단히 말하면 돼."

"나는 말할 때 누가 내 말을 끊는 게 싫어!"

마틸드가 소리쳤다.

"그만해, 울릭 앞에서 싸울 거야?"

알렉스가 두 사람을 말렸다.

이상한 일이었다. 테이블 하나를 사이에 두고 말싸움을 벌이는 여자들을 남자 한 명이 말리고 있었다. 이누이트 나라에서는 남자들이 툭하면 주먹을 날렸고, 말리는 쪽은 늘 여자였다.

마틸드가 다시 입을 열었다.

"우리는 지구의 미래가 여성에게 달려 있다고 생각합니다. 여성은 남성과 달리 비폭력적이고 성실하니까요. 후세대를 걱정하며 누구보다 적극적으로 환경보호에 앞장서기도 합니다. 여성이 세상을 지배하면, 평화의 시대가 올 겁니다. 폭력이 사라지고 인류가 무궁한 발전을 이룩할 겁니다. 우리는 스칸디나비아에서 그 흔적을 찾았습니다. 스칸디나비아는 세상에서 여성이 가장 자유롭고, 환경보호에 적극적인 나라입니다."

충분히 공감이 가는 이야기였다. 이누이트 나라만 해도 여성의 성실함을 따라갈 남자는 없었다. 바느질, 세탁, 요리, 육아 등 일상을 지속하기 위해 필요한 모든 일을 여자가 도맡아했다. 전부 적잖은 인내심과 성실함을 요구하는 일이었다. 반면, 사냥은 남자들에게 다른 것을 요구했다. 순발력과 강인함, 경우에 따라서는 속임수를 쓰는 꾀바른 머리가 그것이었다.

"이누이트 사회는 아직도 가부장적인 특성을 버리지 못했습니다. 남성우월주의가 만연해 있는 거쇼."

사미라가 말했다.

"사미라, 우리 같은 말을 하지는 말자."

아드린느가 끼어들었다.

"그래도 할 말은 해야지, 안 그래?"

"우리가 오늘 모인 건 이누이트 사회를 비난하기 위해서가 아니야. 벌써 잊은 거야? 척박한 환경에서 살려면 그럴 수밖에 없었을 거야."

"남녀평등 제도를 받아들이면 지금보다 훨씬 편하게 살 수 있잖아. 내 말이 틀렸어?"

"그게 환경파괴라는 생각은 안 해?"

또다시 싸움이 시작되었고, 울릭은 목이 말랐다. 다행히 테이블 위에 코르크를 빼낸 와인이 보였다. 울릭은 와인 병을 집어들고 앞에 놓인 잔을 채웠다.

"자, 이제 그만하고. 울릭의 말을 들어보는 건 어떨까? 하고 싶은 말이 있을지도 모르잖아."

아드린느가 말했다.

와인은 리츠 호텔에서 마시던 것보다 질이 떨어졌다. 그래도 알코올 함유량은 같았다. 울릭이 다른 생각을 하는 동안 모두의 시선이 그에게로 향했다.

"울릭, 당신 생각은 어떤가요?"

"네?"

"우리는 전부 혼자 살아요. 오늘 이 자리에 참석한 이들 모두요. 내가 『나는 아무도 필요하지 않다』라는 책을 쓸 수 있도록 영감을 준 사람들이죠."

"알렉스는 남자잖아요?"

울릭이 물었다.

"저는 여자친구 대신 왔습니다."

알렉스가 대답했다.

"알렉스의 여자친구는 줏대가 없어요. 그래서 항상 갈팡질팡하죠."

마틸드가 비아냥거렸다.

"그만해. 좀 지나치잖아."

알렉스가 말했다.

또다시 말다툼이 벌어졌다. 알렉스의 여자친구는 평범하게 사랑하는 남자와 결혼해서 자식을 낳아 기르고 싶어 했다. 반면, 모임에 참석한 이들 모두는 그녀의 태도를 탐탁지 않게 여겼다. 특히 마틸드는 자아 상실 신드롬을 들먹이며 맹렬히 비난했다.

"과장이 좀 지나친 것 같지 않아? 알렉스는 그녀를 존중해. 우리와 의견이 다르다고 시대에 뒤처진 사람처럼 말해선 안 돼."

사미라가 알렉스와 그의 여자친구를 두둔했다.

"사미라, 고마워."

알렉스가 말했다.

울릭은 아드린느와 그녀의 동료들이 그를 왜 초대했는지 의아했다. 남녀가 함께하는 삶을 불명예스럽게 생각하는 점도 이해되지 않았다. 그가 아는 한 대부분의 사람은 외로움을 싫어했다.

울릭은 말다툼 소리를 흘려들으며 와인을 마셨다. 그런데 마틸드가 거칠게 내뱉은 말 한마디가 총알처럼 날아와 그의 귀에 박혔다.

"삽입도 전통적인 남녀관계가 낳은 폭력의 흔적이야!"

울릭은 삽입이라는 단어에 화들짝 놀랐다.

"'전희'라는 말이 있다는 것 자체가 이미 삽입이 남성우월주의에서 비롯된 폭력의 흔적이라는 사실을 입증하는 거야.

전희를 여자나 좋아하는 것으로 치부하고 성행위에서 삽입보다 중요한 건 없다고 말하는 건 전적으로 남근중심주의에서 비롯된 거고. 남자들이 헌신적이고 수동적인 여자를 좋아하는 이유가 뭐라고 생각하지? 그리고 이런 작은 것 하나에도 사회가 여성에게 가한 폭력의 흔적이 남아 있는 걸 어떻게 설명할 거지?"

울릭은 모두가 웃거나 화를 낼 거라고 생각했다. 하지만 아니었다. 알렉스를 포함한 십여 명의 사람들이 그녀의 말을 진지하게 듣고 있었다.

"그런데 삽입 없이 어떻게 아기를 만들어요?"

울릭이 물었다.

"정액만 있으면 돼요. 임신하기 위해 꼭 짐승이 필요한 건 아니니까."

마틸드가 아무렇지도 않게 대답했다.

울릭은 그녀가 무서워졌다. 더 이상 말을 섞지 않는 편이 나을 것 같았다. 마틸드의 연설은 그 후로도 계속되었고, 저녁 식사 전까지 끝나지 않았다.

48

울릭은 아드린느가 모는 차를 타고 카블루나 나라의 전형
적인 도시 근교를 빠져나왔다.

"내 친구들이 당신을 무섭게 한 건 아닌지 모르겠어요."

무섭다니! 천부당만부당한 말이었다. 당혹스럽기는 했지만
무섭지는 않았다. 이누크 남자는 두려움을 모르는 종족이었다.

"모두 재미난 생각을 하고 있던데요. 특히 마틸드가요."

울릭이 대답했다.

"마틸드의 말은 과장된 면이 있어요. 인간은 언제나 극단
으로 치닫고 난 후에야 본질로 돌아오죠. 그래야 배우니까."

"어떻게 그렇게 극단적인 생각을 할 수 있는지 모르겠어요.
예를 들어서 임신을 하기 위해 짐승은 필요 없고 정액만 있으

면 된다는, 그런 생각이요."

"그건 마틸드의 개인사와도 관련이 있어요. 그냥 그렇게만 알아두세요. 잊으면 더 좋고요. 자세한 얘기를 했다가는 마틸드가 나를 죽일 거예요."

그녀가 미소를 지었다. 방송에 나와서 남자는 필요 없다고 말하던 모습과는 너무도 대조적이었다.

"울릭, 오늘 일에 대해 어떻게 생각하세요?"

"글쎄요. 잘 모르겠어요. 알렉스 같은 남자가 더 많아질 것 같기는 해요. 만인의 연인 같은?"

"하하, 미남이라는 말이 빠졌네요. 그게 중요해요."

울릭은 그녀가 어떻게 남자와 함께하지 않는 삶을 택하게 되었는지 궁금했다.

"세상에 알렉스 같은 남자만 있다면 얼마나 좋겠어요? 하지만 현실은 그렇지가 않아요. 여자한테 몹쓸 짓을 하는 개자식이 세상에는 정말 많으니까."

울릭은 꾸뻬 박사가 들려준 이야기가 기억났다. 여성을 '쓸 만한 염소'로 취급하는 나라들과 '쓸 만한 염소'가 되기를 거부하는 여자들은 아직도 전쟁 중이었다.

"그런 개자식들은 어디든 있어요. 우리나라에도 얼마나 많은데요."

아드린느는 슬퍼 보였다. 아마도 그녀가 말한 '개자식들'을 만난 경험이 있는 듯했다.

"잘된 일이죠. 이제는 남자가 없어도 되니까."

독백하듯 아드린느가 중얼거렸다. 신호등 불빛이 빨간색으로 바뀌었다. 아드린느는 도로 한가운데 차를 세웠다. 주변은 사막처럼 적막했다. 신호등 불빛이 파란색으로 바뀌었다. 그래도 아드린느는 출발할 생각을 하지 않았다. 어디선가 바람이 불어왔다. 울릭은 그녀를 향해 고개를 돌렸다. 놀랍게도 그녀는 울고 있었다.

"이게 다 무슨 소용이야……."

흐느끼며 그녀가 중얼거렸다.

울릭은 그녀가 울음을 그칠 때까지 기다렸다.

"고마워요."

잠시 후, 그녀가 눈물을 훔치며 말했다.

"아드린느, 왜 남자가 필요하지 않다고 했죠?"

"이런, 설마 다시 싸우자는 건 아니죠?"

"……."

울릭이 대답을 않자 아드린느가 물었다.

"무슨 생각을 하세요?"

"당신이 왜 혼자 사는지 생각했어요."

아드린느의 몸에는 각진 곳이 없었다. 전부 둥근 곡선으로만 이루어져서 포근한 느낌이었다. 자식을 낳는다면 분명 좋은 엄마가 될 것 같았다.

"울릭, 난 못생겼어요. 얼굴만 못생긴 게 아니라 뚱뚱하기까지 하죠. 한마디로 말하면 최악이에요. 순식간에 비호감으로 전락할 최고의 조건을 갖췄으니까."

"그럴 리가요."

"방송에서 보셨잖아요."

"그러면 이전에 만난 남자들은 어떻게 된 거죠? 전부 당신을 사랑하지 않았나요?"

"아, 그들은 운이 나빠서 나를 만난 것뿐이에요. 운이 좋았다면 예쁜 여자를 만났을 테니까. 물론 진심인 사람도 있었어요. 그런데 그것도 알고 보면 피난처일 뿐이었어요. 더는 갈 곳이 없을 때 찾는 잠시 잠깐의 피난처. 잠자리만 원하던 남자들은 말할 것도 없고요."

아드린느가 담담한 어조로 대답했다.

"텔레비전을 보세요. 잡지는 어떻고요? 날씬하고 예쁜 여자들이 매일 쏟아져 나와요. 그런데 어떻게 눈길을 안 줄 수 있죠? 내가 남자였어도 예쁜 여자한테 마음이 먼저 갔을 거예요."

“이누이트 나라에 살았다면 당신은 인기가 참 많았을 거예요.”

울릭의 말에 아드린느가 웃음을 터뜨렸다.

“정말요? 그럼 거기 가서 살까요? 그런데 난 추운 게 싫어요.”

49

울릭은 금빛으로 물든 빙산 사이를 비행기를 타고 이동했
다. 일몰 직전이었고 창밖으로는 거대한 구름 절벽이 보였다.
경이로운 풍경이었다.

복도를 지나는 승무원에게 그가 빈 잔을 들어 보였다. 곧바
로 샴페인병이 승무원의 미소와 함께 배달되었다. 조금 전까
지 울릭을 흘깃거리며 동료들과 귀엣말을 나누던 승무원이었
다. 울릭과 울라 주연의 캠페인 광고가 대서양 반대편까지 퍼
져서 어느새 그는 유명인사가 되어 있었다.

유니폼을 차려입은 승무원들이 그에게 관심을 보였다. 그
래도 그는 기분이 좋아지지 않았다. 술잔을 수없이 기울여도
마찬가지였다.

그날 아침, 울릭은 마리 알릭스의 아파트에서 가족들과 마지막으로 밥을 먹었다. 식사를 하는 동안 말을 하는 사람은 없었다. 토마스는 울릭이 천문학 사이트에서 프린트한 자료를 보고 즐거워했지만, 줄리엣은 구운 빵을 건네며 슬픈 미소를 지었고, 미리 알릭스는 평상시처럼 분주했다. 작별 인사는 공항에 도착해서 했다.

울릭은 세관 창에 비친 마리 알릭스와 두 아이에게 손을 흔들고 탑승구를 향해 걸어갔다. 가방 안에는 울릭의 활약에 감사하며 석유회사가 만들어준 트로피가 들어 있었다.

꾸뻬 박사는 슬퍼하는 울릭을 위로했다. 그리고 그가 느끼는 감정을 '상실감'이라고 표현했다. 고아가 된 이후, 두 번째로 맞이하는 상실의 슬픔이었다.

가슴속 깊이 봉인해 사라진 줄로만 알았던 고아 소년이 눈앞에 나타나자 울릭은 눈물을 쏟았다. 트랑블레 대위의 누나가 보낸 편지 탓도 있었다. 꾸뻬 박사가 그에게 준 것은 위로만이 아니었다. 그는 울릭 혼자서는 이름 붙이지 못했던 감정들을 돌아보고 이해하게 했다. 비행하는 동안 수면 위로 떠오르던 온갖 감정과도 마주하게 했다. 처음에는 태풍 직전의 돌풍처럼 간헐적으로 일던 감정의 바람이 이내 선명한 색과 견

고한 모양을 갖추었다. 덕분에 울릭은 감정의 폭풍 속에서 길을 잃지 않을 수 있었다. 울릭은 나바라나바를 생각했다. 잠시 후면 그녀와 만날 수 있다.

50

일루리크 만 상공에 이르러서야 울릭은 모든 것이 변했다
는 사실을 알았다. 익숙한 풍경은 수킬로미터에 걸쳐 펼쳐진
기지와 오렌지 빛깔의 창고, 철탑, 인공항만으로 지워지고 없
었다. 그가 살던 마을도, 봄이면 바다코끼리들이 모여들던 해
안도 전부 사라졌다.

"마을은 조금 더 가야 해요."

조종사가 멀리 언덕을 가리키며 말했다.

언덕 위로 옹기종기 모인 조립식 집들이 보였다. 이누이트
가 돌로 지은 이글루를 버리는, 말도 안되는 일이 일어난 것
이다.

단발 엔진의 소형 비행기가 마을 옆 빙판에 착륙했다. 울릭은

곧바로 비행기에서 뛰어내렸다. 여름이 시작돼서 떠날 때보다 춥지는 않았지만 덜 녹은 눈이 아직 발밑에서 뽀드득거렸다.

카블루나가 만든 조립식 집 굴뚝에서 연기가 피어올랐다. 하늘을 배경으로 포물선을 그리는 안테나도 보였다. 이누이트가 텔레비전을 갖다니! 울릭은 눈앞에 벌어진 광경에 입을 다물지 못했다.

긴 사냥에서 돌아왔지만 마중 나온 사람은 없었다. 울릭은 가방을 짊어지고 마을을 향해 걸음을 옮겼다. 정오의 햇살 아래로 벽에 등을 기댄 채 눈밭에 앉은 한 사내의 모습이 보였다. 그가 울릭을 발견하고 손을 흔들었다. 울릭은 사내에게 달려갔다.

놀랍게도 그는 추장이었다. 추장은 웃고 있었지만 말을 더듬고 제대로 일어서지도 못했다.

"모두 어디에 있어요?"

울릭의 물음에 추장이 비틀거리며 허공을 향해 양팔을 휘저었다.

"테, 텔레비전……."

그때, 눈 속에 파묻힌 위스키병이 시야에 들어왔다. 병은 거의 비어 있었다.

"헤, 헤…… 다…… 끝났어!"

울다 웃기를 반복하는 추장의 눈에는 눈물이 고여 있었다.

울릭은 사람들이 알려준 대로 나바라나바가 일하는 곳으로
달려갔다. 출입구는 대형트럭과 용도를 알 수 없는 기계로 복
잡했고 운전사는 보행자를 배려하지 않았다. 넉분에 그는 그
냥 걷기에도 먼 거리를 아슬아슬 더디게 이동해야 했다.

울릭은 창문이 없는 길쭉한 건물 앞에 멈춰 섰다. 저녁 어
스름 속으로 간판에 불이 켜졌다. 폴라 바. 간판에 적힌 상호
를 확인하고 그가 안으로 들어갔다. 실내는 담배 연기가 자욱
했고, 뚱뚱한 카블루나 남자들이 나른하게 앉아서 맥주잔을
기울이고 있었다. 모두 면도를 안 한 얼굴이었고, 몇몇은 회
사 로고가 수놓인 챙 모자를 쓰고 있었다. 울릭은 귀가 먹먹
했다. 음악 소리가 너무 컸다.

"무엇을 드릴까요?"

바텐더가 물었다.

"혹시 시 브리즈도 됩니까?"

"물론입니다. 잠시만 기다리세요."

그때였다. 계산대 뒤의 문이 벌컥 열리고 쿠리스티보크가
나타났다. 그는 카블루나 옷을 입고 있었다. 목에 두른 굵은
금목걸이와 금색 손목시계가 조명을 받아 반짝였다.

"울릭!"

그가 소리쳤다.

"위대한 사냥꾼이 어째서 카블루나의 바 뒷문에서 나오지?"

울릭은 쿠리스티보크가 반갑지 않았다.

"어, 시대가 바뀌었잖아."

쿠리스티보크가 대답했다.

울릭은 홀을 향해 고개를 돌렸다. 들어올 때는 보지 못했지만 홀 안에는 조그만 무대가 있었다. 무대 위로 알록달록한 조명 아래서 춤을 추는 여자가 보였다. 순간, 울릭은 자기 눈을 의심했다.

나바라나바!······

그녀의 몸을 가린 것은 가죽 부츠가 전부였다. 물결처럼 흐느적거리며 무대 중앙에 박힌 봉을 잡고 회전하던 나바라나바와 그의 눈이 마주쳤다. 음악이 계속해서 흘러나왔지만 나바라나바는 한 손으로 봉을 잡은 채 돌처럼 움직이지 않았다.

"이봐, 공연을 계속해."

바텐더가 소리쳤다.

"뭐야, 에스키모! 춤을 춰! 몸을 움직이라고!"

수염을 기른 뚱뚱한 카블루나 남자가 무대 앞에서 소리쳤다.

"연료가 떨어졌나 보군!"

또 다른 카블루나 남자가 말했다. 이어서 지폐 몇 장이 펄럭이며 바닥에 떨어졌다.

"울릭, 안 돼!"

쿠리스티모크가 소리쳤다.

51

　울릭은 반쯤 잠이 든 상태로 남쪽 어딘가에서 들려오는 물
장구 소리를 들었다. 희미한 빛 아래 알몸으로 헤엄치는 창백
한 그림자가 초록빛 수면에 어른거렸다. 산봉우리 위로 서늘
한 대기를 몰아내며 태양이 떠올랐다. 곧이어 바다에서 헤엄
치는 여자의 웃음소리가 들려왔다. 그녀는 인어처럼 바다에서
하루의 절반을 보냈다. 랭커스터 해협의 차가운 바다에서는
불가능한 일이었다. 모터보트 소리도 들려왔다. 물고기를 잡
으러 바다로 나온 킨족 어부였다. 그가 어부를 향해 손을 흔
들었다.

　울릭은 나바라나바를 데리고 폴라 바를 나왔다. 그리고 조

금 전 내린 소형 비행기를 향해 걸어갔다. 잠시 후, 비행기는 남쪽으로 팔백 킬로미터 떨어진 폰드 일레트를 향해 날아오를 예정이었다.

비행기가 고도에 오르자 나바라나바는 그의 어깨에 기대어 잠이 들었다. 그제야 울릭은 어디로 갈지 목적지를 정하지 않았다는 사실을 깨달았다. 더는 이누이트 나라에서 살 수 없었다. 비행기에서 내리자마자 그는 직감적으로 알았다. 얼어붙은 지하실처럼 변해버린 이누이트의 삶은 도시에서 겪은 일들과는 비교도 안 될 만큼 충격적이었다. 그가 카블루나 나라에 가 있는 동안, 이누이트의 전통과 생활양식은 무참히 짓밟혔다. 덩치 큰 곰처럼 조용히 들어와서 집 안을 박살내는 카블루나 문명에게!

잠시 카블루나 나라로 돌아갈까 생각했지만 울릭은 그러고 싶지 않았다. 그는 나바라나바를 사랑했다. 그래서 그녀의 행복을 지켜주고 싶었다. 그는 카블루나 나라에서 욕망과 싸워 이길 자신이 없었다. 자신에게 모든 것을 내맡긴 채 잠든 한 여인에게 고통을 안겨주고 싶지 않았다.

창밖으로 거대한 빙산에서 얼음 조각이 떨어져 나가는 모습이 보였다. 순간, 바다 한가운데 신비롭게 솟아 있던 산봉우리가 기억났다. 모임이 있던 날 플로랑스가 소리 내어 발음

278

하던 마법 같은 이름도 생각났다.

알롱 만.

폰드 일레트에 도착하자마자, 울릭은 나바라나바를 자게 둔 채 플로랑스와 마리 알릭스에게 전화를 걸고 이메일을 보냈다. 돈은 문제되지 않았다. 울릭과 울라가 캠페인 광고로 벌어들인 천문학적인 금액이 그의 이름으로 은행에 예치되어 있었다. 수익금은 토마스가 열거하는 별과 별 사이의 거리처럼 수많은 숫자로 이루어져 있었다. 그뿐이 아니었다. 광고가 전 세계로 판매되어 이차 수입이 발생했다. 어릴 적 아버지와 함께 본 사냥 운을 점치는 유성우처럼 모든 일이 동시다발적으로 일어났다. 이윤의 반을 부족에게 나눠주고 폴라 바에서 사람을 다치게 하고 물건을 훼손한 죄로 벌금을 물었지만, 그에게는 아직 상당한 금액이 남아 있었다.

한편으로는 걱정도 되었다. 알롱 만이 인류문화유산으로 선정된 까닭이었다. 이것은 이누이트 나라에서 벌어진 일들이 그곳에서도 반복될 수 있음을 의미했다. 마리 알릭스는 수십 시간에 걸친 위원회와 소위원회와의 회의를 통해 유네스코에 큰 기구를 하나 만들었다.

울릭은 이메일을 주고받으며 일주일에 한 번씩 마리 알릭스와 연락을 취했다.

그가 떠난 뒤, 놀랍게도 마리 알릭스는 이누이트 나라로 파견을 나가 석유탐사기지 내에서의 알코올판매금지법을 통과시켰다. 샤를르는 가족의 품으로 돌아갔고 마리 알릭스는 '아이들을 위해 잘된 일'이라고 표현했다. 편지의 말미에는 '행운이 늘 함께하기를'이라는 말 외에 다른 다정한 말이 없었지만, 울릭은 마리 알릭스의 소식을 듣고 기뻤다.

하루는 울라의 조련사로부터 편지를 받았다. 편지에는 그가 서커스단의 곰을 울라에게 소개해주었다는 말이 적혀 있었다. 울라의 남편이 된 이 곰은 트랑블레 대위가 바다 밑에서 감시하던 오랜 제국의 땅에서 온 녀석이었다. 울릭은 우편물에 동봉된 사진을 오랫동안 바라보았다. 울라가 발가락을 깨물며 장난치는 두 마리의 새끼 곰을 사랑스러운 눈으로 바라보는 사진이었다.

울릭은 꾸뻬 박사와도 편지를 교환했다. 그는 여자친구와 다시 만나기 시작했고, 혼자서 긴 여행을 다녀왔다. 조만간 세상에 태어날 아기와 함께할 새로운 인생을 준비하기 위해서였다.

딸입니다. 이 아이가 성장해 어엿한 숙녀가 될 무렵에는 혼란한 이 사랑의 나라가 조금은 안정되어 있기를 바랍니다. 과거로 돌아가자는 뜻은 아닙니다. 지난 세대와 똑같은 전철을 밟아서도 안 됩니다. 하지만 만약 그런 일이 일어난다면, 그때는 우리가 조금 더 성숙한 방식으로 미래를 준비할 수 있기를 바랍니다.

남녀관계는 지난 이백 년간 커다란 변화를 겪었습니다. 이 변화는 인류의 백만 년 역사보다 훨씬 격동적이었습니다. 어쩌면 이것이 지금 우리가 길을 헤매는 이유일지도 모르겠습니다.

남녀가 짝을 이뤄 가정을 꾸리고 사는 삶이 앞으로도 지속될 수 있을지 여전히 궁금증은 남습니다. 희생이라는 단어를 구시대의 유물처럼 여기는 이 시대가 지나고, 결국 아무도 그 말의 의미를 기억하지 못하는, 그런 날이 온다면요.

울릭과 나바라나바가 새롭게 정착한 곳은 예전에 살던 곳과 기온차가 컸다. 그래도 생활방식은 비슷했다. 백여 개의 군도 중 사람이 사는 곳은 십여 개가 전부였지만, 모두가 가족처럼 지냈고, 남녀 모두 젊어서 결혼을 했으며, 아이들은 하루 중 대부분의 시간을 밖에서 뛰어놀았다. 그리고 몇 세대가 한 집에 모여 살았다.

울릭과 나바라나바는 새로운 삶에 빠르게 적응했다.

울릭은 배 한 척을 장만했다. 평생을 일하지 않아도 될 만큼 많은 돈이 남아 있었지만, 그는 매일 저녁 먹을 것을 들고 집으로 돌아가는 남자의 삶을 포기하고 싶지 않았다. 어느 배를 살지 고민할 때는 보다 작은 배를 선택했다. 나누어야 생존이 가능했던 이누이트의 삶을 기억하기 위해서였다. 그는 지난 경험을 통해 욕망이 삶을 갉아먹는 독임을 배웠다. 그리고 자기 안의 욕망을 다스리는 행위가 동시대를 살아가는 이들 모두를 위한 일임을 알았다.

울릭은 저녁마다 어부들과 모여 앉아 사냥과 어업을 중심으로 이야기꽃을 피웠다. 그럴 때면 노인들이 먼 옛날 카블루나와의 전투에서 승리한 이야기를 들려주었고, 울릭은 이누이트나라로 돌아간 느낌이었다. 나중에야 알게 된 사실이지만, 킨족과 이누이트는 먼 사촌이었다. 킨족의 조상이 일찍이 남쪽나라에 정착했다면, 이누이트의 조상은 극한의 추위가 인간의 삶을 허락하지 않을 때까지 북으로 북으로 올라갔다. 이 두 부

족은 신기하게도 몽골의 먼 후손이었다.

썰물 때였다. 물이 빠지는 소리가 들렸다. 누군가 다가오는 소리도 들렸다. 나바라나바였다.

"울릭?"

그녀가 속삭였다.

"이리 와."

나바라나바의 몸은 흠뻑 젖어 있었다. 그녀가 고개를 숙이자 오래전 북극 평원을 수놓던 눈송이처럼 머리카락을 타고 물방울이 방울져 떨어졌다.

감사의 말

소설을 쓴다는 것은 매우 고독한 노동이지만 한편으로는 여러 만남과 대화로 나를 더욱더 풍요롭게 만드는 행위이기도 하다. 먼저 발행인 베르나르 픽쏘, 플로렁 마쏘, 필립 호비네. 그들의 격려와 지지는 울릭이 장애물을 넘을 수 있도록 도왔다. 그들에게 감사의 말을 전한다.

책의 주요 부분들은 모두 하노이에서 봄을 나는 동안 쓰였다. 하노이는 내 마음속에 언제나 살아 있는 도시다. 그곳에서 나는 플로렁의 친구인 크리스토프 부샤르 덕분에 가족과 같은 메트로폴 호텔을 찾을 수 있었다. 부샤르는 세계를 위협하는 전염병을 조사하러 온 사람이었다. 그가 고립된 도시 생활과 전염병에 씨름하는 동안 니콜라 오디에, 장-미셸 칼다

285

구에, 홍 하이, 메트로폴 호텔의 책임자인 프랑크 라푸르카드, 나의 동료 도미니크 블론도, 이브 니콜라이와 항이 나를 따뜻하게 맞아주었다. 그리고 그들이 좋아하는 도시로 안내해주었다. 비록 본인들은 모르지만, 모두 내게 소설을 쓰는 데 필요한 긍정적 시각을 선물해주었다. 친구들과 클럽 식당의 직원들에게 안부를 물으며 곧 다시 만나기를 소망해본다. 또한 민과 그의 친구들에게, 그들의 유머와 따뜻한 대접에도 감사한 마음을 전한다.

소설을 쓰며 들었던 생각들은 모두 마농네 식당의 직원들과 힐튼 오페라로부터 나왔다. 매일 아침 그들이 제공하는 맛좋은 커피와 배려에 둘러싸여 같은 테이블에 앉아 글을 썼다. 모두에게 감사의 말을 전할 순 없지만 휴, 란, 메, 나크, 푸옹, 쿠잉, 치 부인에 대한 고마움은 쉬이 잊지 못할 것이다. 그들의 미소와 쾌활함 덕에 오래 앉아 일할 수 있었다.

내 친구들에게도 고마운 마음을 전한다. 에티엔느 오베르, 그는 움직이기보다 선풍기 아래 앉아 있기를 좋아하는 나를 어느 아침 알롱 만으로 데리고 갔다. 한스 라마르와 엘리자베스 하멜은 캐나다 겨울의 눈부심 속으로 나를 인도했고, 장-뤽 올리비에와 도미니크 드라니는 하노이로 갈 기회를 제공해주었다. 나의 아버지와 헬렌은 요람에 싸인 울릭을 가장 먼저 들여다보고 그를 독자들에게 인도한 사람들이다.

이 책은 피터 프레첸, 크누드 라스무센과 같은 그린란드 탐험가와 장 말로리처럼 나에게 이누이트 세계의 문을 열어준 이들과 세상 모든 시인을 위한 오마주다. 특히 내 동료였던 퀘벡의 검역관 미셸 베랑게는 그녀의 남편이 싱싱한 북극 연어를 손질할 때 이누이트 가족과 함께하는 일상에 관해서 들려주었다. 그녀가 들려준 위대한 부족 이야기는 아직도 책의 곳곳에서 살아 숨 쉬고 있다.

프랑수아 를로르

결국 사랑이라면

『북극에서 온 남자 울릭』은『꾸뻬 씨의 행복 여행』외에 『꾸뻬 씨의 사랑 여행』『꾸뻬 씨의 시간 여행』등 다수의 저서로 한국에도 잘 알려진 프랑수아 를로르의 두 번째 소설이다. 그의 첫 장편소설『꾸뻬 씨의 행복 여행』은 12개국 언어로 번역되고, 영화로도 제작되는 등 큰 성공을 거두었다.

프랑수아 를로르는 정신의학자로 파리 르네 데카르트 정신병원에서 과장으로 근무했고, 이후 정신의학자로서의 경험을 토대로 소설을 쓰기 시작했다. 소설 외에도『무식한 사람들을 위한 자유 Liberté pour les insensés』, 크리스토프 앙드레와 공동 집필한『자아 존중: 남들과 더 잘 살기 위해 나를 사랑하는 일 L'estime de soi : S'aimer pour mieux vivre avec les autres』

등 다수의 심리학 서적을 집필했다.

『북극에서 온 남자 울릭』의 원제목은『혼란한 사랑 나라의 울릭 Ulik au pays du désordre amoureux』이다. 사랑은 사랑인데 혼란한 사랑이라니 궁금증이 인다. 소설 속 중심 무대는 프랑스 수도 파리다. 거기에 전작『꾸뻬 씨의 행복 여행』에서 주인공이 행복의 열쇠를 찾아 여행한 여러 나라처럼 주제를 뒷받침하는 또 다른 세계가 주요 무대로 등장한다. 바로 북극이다.

울릭은 이누이트 청년이다. 그는 사냥으로 생계를 유지하는 얼음 나라에서 고도로 발달된 문명을 지닌 서구사회로 하루아침에 여행을 떠난다. 여행의 목적은 두 나라 간의 친목 도모와 전통적인 방식으로 북극에서의 삶을 영위하는 이누이트 부족을 알리는 데 있다. 그러나 카블루나 사회와 이누이트 사회가 표면적으로 요구하는 이 두 가지 목적 외에도 그에게는 헤어진 약혼녀를 되찾겠다는 또 다른 목적이 존재한다. 이같은 욕망의 구조는 소설이 말하고자 하는 바를 가장 잘 드러내는 메타포다.

소설에는 다양한 여성이 등장한다. 울릭의 가이드로 주인공을 제외하고 가장 자주 등장하는 마리 알릭스는 젊음을 되찾고 싶은 충동에 이끌려 외도를 한 남편과 이혼한 사십대 여성이다. 그녀에게는 사춘기에 접어든 딸과 자폐를 앓는 어린 아들이 있다. 마리 알릭스의 오랜 친구이자 석유회사의 커뮤니케이션 담당자인 플로랑스는 사회적으로 큰 성공을 거둔 여성이다. 그녀는 어릴 때 부모의 이혼을 경험하고 결혼에 대한 기대와 환상을 일찌감치 버린 워커홀릭이다. 아드린느는 몇 차례 사랑을 했지만 모두 실패하고 그 원인을 뚱뚱하고 못생긴 자신에게서 찾는다. 그녀는 결국 사랑 없는 삶을 '선택'하고 여성의 독립적 삶을 다룬 저서로 일약 베스트셀러 작가가 된다. 이들은 모두 각기 다른 삶을 살지만, 배우자가 없는 삶을 선택했다는 공통점이 있다. 반면, 울릭의 약혼녀인 나바라나바는 이들과 대조를 이룬다. 그녀는 남자가 사냥을 하고 여자가 집안일을 하는 이누이트의 생활방식을 거부감 없이 받아들이는 구시대의 전형적인 여성상이다.

소설을 지배하는 주된 분위기는 결핍과 고독이다. 이성 간의 혐오와 불신, 한부모 가정이 겪는 자녀 양육의 어려움, 낮은 출산율, 늙은 부모의 부양 문제부터 물질만능주의와 환경오염까지…… 현 인류가 이룩한 발전과 성공의 그림자적 이면이 그러한 분위기 속에 녹아 있다.

인생을 살아가면서 인간은 누구나 부와 성공, 행복과 명성을 꿈꾼다. 그리고 다른 무엇보다도 우리는 늘 사랑하고 사랑받고 싶어 하는 욕망으로부터 자유롭지 않다. 행복을 비롯한 인간 대부분의 욕망은 사랑으로부터 출발한다. 자기애, 이성 간의 사랑, 부성애와 모성애, 효성, 우정, 더 나아가 인류애와 자비심이라는 포괄적 의미의 그것까지, 사랑으로부터 자유로운 행복은 없다.

　소설은 문명과 비문명의 대조 아래서 시대가 당면한 여러 문제를 건드리지만, 그렇다고 정해진 해답을 제시하지는 않는다. 주인공을 비롯해 사랑 앞에서 좌충우돌하는 소설 속 여러 인물처럼, 본문에 나오는 "질문 속에 곧 해답이 있다"는 문장처럼, 그저 사랑에 기대어 물을 뿐이다.

　결국 사랑이라면, 사랑만이 이 세계를 구원할 유일한 선(善)이라면, 지금 이 자리에서 각자가 선택해야 할 다음 목적지는 어디가 되어야 할지 소설은 우리에게 묻고 있다.

　끝으로 원고의 교정과 교열, 편집을 위해 마지막까지 애쓴 편집부 직원들의 노고에 감사의 마음을 전한다.

2021년 4월, 봄비 아래.

북극에서 온 남자 울릭

초판 1쇄 인쇄 2021년 4월 19일
초판 1쇄 발행 2021년 4월 29일

지은이 프랑수아 를로르
옮긴이 지연리
펴낸이 정중모
펴낸곳 도서출판 열림원

출판등록 1980년 5월 19일(제406-2000-000204호)
주소 경기도 파주시 회동길 152
전화 031-955-0700
팩스 031-955-0661
홈페이지 www.yolimwon.com
이메일 editor@yolimwon.com

페이스북 /yolimwon
트위터 @yolimwon
인스타그램 @yolimwon

주간 김현정
편집 황우정 최연서
디자인 강희철

마케팅 홍보 김선규 김승욱
제작 관리 윤준수 이원희 고은정 원보람

ISBN 979-11-7040-043-1 03860